·冰·心·奖·得·主·力·作·

黑魔字

汤 萍／著

作家出版社

罗西：本书主人公，书虫儿村庄的一名孤儿，拥有锋利的蓝星宝剑和神奇的红石护身符，勇敢正直，坚强善良。

小龙女蓝琦：来自龙人世界的龙人族女孩，罗西的好朋友，既能化身为龙，又能变身为人，她穿有永不沾染灰尘的银衣，还有一根厉害的金色带刺的长鞭。小龙女性格开朗，天不怕地不怕。

银箭精灵阿布：一名天生的神箭手银箭精灵，而且他还拥有坚硬的铁头，罗西的好朋友，他长着金色的翅膀，身背银箭筒，阿布害怕虫子。

桑多斯：会占卜的水晶球小妖，罗西的好朋友。他有三百岁了，拥有一个美丽奇特的水晶球。桑多斯是个财迷，但是关键时刻总会帮助别人。

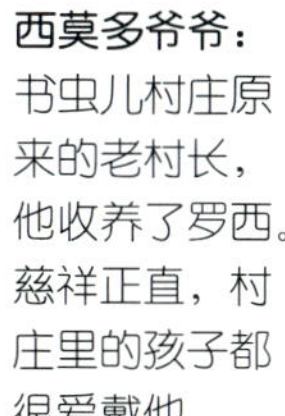

西莫多爷爷：书虫儿村庄原来的老村长，他收养了罗西。慈祥正直，村庄里的孩子都很爱戴他。

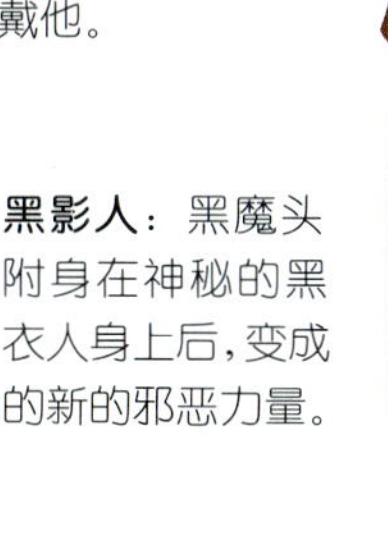

狄摩·达伦：被关闭了300年的黑魔头，从书虫儿村庄禁地跑出来的恶魔。

黑影人：黑魔头附身在神秘的黑衣人身上后，变成的新的邪恶力量。

魔法姐姐给读者们的一封信

我要带领你们自由地飞

亲爱的读者：

当你翻开这本书的时候，我们的心灵已经在沟通和交流了，而最亲爱的小朋友们，当你们在某一天发现这本书的时候，你的心灵也将开始一场奇妙的旅行了，我要让这本书中的故事让你们的心灵长出神奇的想象的翅膀，带领着你们自由地飞翔。

这本书是一个关于梦想的故事。

在成人的世界，梦想往往是奢侈的，单薄而缺乏生命力，因为在强悍而庞大的现实面前，梦想往往难以实现，有时甚至不堪一击。

可是在孩子的世界里，梦想是美丽的，它以自己独特的方式净化和升华孩子的心灵，使他们得到快乐，让他们在成长的迷惘中始终葆有美好的憧憬。

优秀的儿童文学就为孩子们制造了梦想。《魔界系列》无疑给孩子们带来了一个瑰丽的想象天空，让孩子们可以无拘无束地在绮丽的想象世界里自由地翱翔。

孤儿罗西因为无意中放出了禁地里被关押的黑魔头，从此，就陷入了与黑暗力量的斗争中，《魔书重现》、《神奇的护身符》、《黑魔字》、《永生之水》，演绎出了一个个奇幻惊险、曲折离奇的故事，让孩子们在故事中自由地放飞自己，跟着主人公一起去经历喜怒哀乐，一起面对挫折和危难。

《魔界系列》作品具有很强的画面感，作品节奏快，故事扣人心弦。这个系列故事除了那丰富绚丽的想象外，更重要的是故事中同时充满了现实和梦想的种种冲突。在这几部作品中，有邪恶的欲望，贪婪的野心，对权力的争夺，对欲念的放纵，这也如同现实社会一样，假丑恶潜伏着想侵吞和自我膨胀，但是，同时，梦想的光辉也照临在故事中：比如爱的力量，勇敢正直的品质，宽容博大的胸怀，对战胜黑暗力量的信心和勇气，这所有的一切终究升华，使得几个小主人公能够一次次以自己并不算强大的力量战胜了邪恶。这就使我们看后，成就了一个梦想：美好的东西并不因为它的美丽而柔弱，相反，它以一种平和，创造出了伟大的力量。在这个故事中，现实中存在的种种其实都在梦想暗藏的潜流中成就着梦想的美好，这时候，梦想才是本质的。

我想，故事中梦想美丽和伟大的地方，就是在于作品在梦想中成就了一种信念。人生而无知，因而人生来是残缺的，所以生命是一个需要不断完善的过程。对于孩子的成长也是一样的。这个完善的过程是艰辛的，在完善中，我们不断地成长，而这就需要一种坚定的信念，在这个心灵日益物化的世界，真的需要给我们的心灵一些坚定的信念。一个真正有力量的人，一定是心灵有执著信念和守望的人。对于孩子也是一样的道理。所以，我想让孩子们在我的故事的梦想中成长，让他们在梦想中超越，进行自我的完善；让他们的心灵可以随着书中的人物一起飞翔。

有人问我，为什么要写幻想小说？因为我希望我的作品能影响到中国孩子的成长。由于文化传统的缘故，中国人实用主义的观念很强，对孩子的想象力、幻想力方面的培养很缺乏，正因为如此，缺乏创新精神和创造力。可是，中国的教育和中国的文化、中国的家长都不鼓励孩子去想象，去创造，只是让孩子一味地因循守旧。一个心灵受到太多束缚的人是没有创造力的，更重要的是，他对生活的感受力也缺乏想象和创造，对生活也没有敏锐度，这样的人，生活中都不容易感受到幸福。我希望中国人的精神世界不要只有实用主义，只有物质的追逐和享乐，还要有点浪漫主义，还要留有精神的空间，还要有大胆的冒险精神，即使现实那么实际，也让心里充满力量和勇气去创造奇迹，而这一切，就让我们先从孩子们的培养做起吧。因为只有有了精神力量，面对这个纷繁而日益物质化的社会，人才能拥有一种定力。在我看来，智慧就是一种坚韧，一种为了追求永恒奋斗的勇气，不因危险和磨难而放弃，也不因繁华诱惑而迷失。而只有一个真正有心灵空间和力量的人，才能做到真正拥有智慧。

我的心灵让我选择了写作。写作，能够让我为孩子们做有意义的事，尽一点点微薄的力量。一个快乐的童年对于一个人来说，真的是一笔非常宝贵的财富，它会让人乐观、自信、积极……如果我的作品能给孩子们带来快乐，让他们的童年充满乐趣，这对于我来说就是最大的快乐。对于孩子们来说，成长是快乐的，但也会充满艰辛，我始终认为，一个有爱心、追求真善美、有优秀品质的人才更容易获得幸福，即使他（她）会遇到挫折和坎坷，但是因为他（她）有着良好的品格，就能以很好的心态战胜和超越困难，并且获得智慧。所以，我希望我的作品能帮助孩子们成长，让他们相信并追求真善美，让他们充满爱心，让他们更坚强，更勇敢，更有追求……每当孩子们来信告诉我他（她）喜欢我的作品的时候，我的心里都非常高兴，虽然写作有时候是艰苦而孤独的，这时，所有的辛劳都得到了补偿，因为，这样有意义的事让我的生命也更有价值了。所以，有辛苦，有痛，更有快乐。

衷心感谢我的读者，带领着你们自由地飞翔，我的心灵也将更强大，更自由！

魔法姐姐：魔幻汤

目　录

第一章 神秘的来信

暮色渐渐地降临了。

看起来这将是又一个宁静祥和的黄昏。

天边，一轮金红色的夕阳缓缓沉入远处的群山之中。紫红色的云霭绚烂得如同华丽的织锦，将天际装点得如梦如幻。在云霞灿烂的光辉中，不时有一群群归鸟披着一身霞光从天际掠过，留下一个个优美的影子。

在森林的深处，暮霭是那样宁静而幽雅，它静静地笼罩着一个小村庄，这个村庄就是书虫儿村庄。村庄的周围，有一条澄清得如同碧玉的河水环绕着，四周，高大的绿树茂密得就像一道道绿墙，静谧而美好。村庄里伫立着一幢幢高大的书形房屋，看起来整座村庄仿佛遍布着各种图书，颜色和图案各不相同，如同一座拥有无数藏书的巨大的图书馆。

在村庄的弧形拱门上，站着一个胖乎乎的小精灵，它有一双金色的眼睛，戴红边的方框眼镜，头上长着一对蓝色的犄角，脸上有一个翘起的长鼻子，手里拿着一支蓝色的羽毛笔，怀里抱着一本古老陈旧的书，这就是村庄的守护神，一个传说中在千年古书里发现的书精灵，名叫皮卡。

渐渐地，天际浓云渐起，暮色深浓起来了……

天边，有一抹幽黑的暗光飘荡过来，逐渐笼罩住了金红色的霞光，使整个森林显得幽暗起来。

突然，一个人影从一棵大树后闪现出来。

这个人穿着一件长长的黑袍，头上戴着一个宽大的帽兜，一个看起来阴郁而诡秘的面罩蒙在他的脸上，使他显得神秘而阴森。

黑衣人左右张望着，他嘴里低声嘟囔着，一些奇奇怪怪的话语撒落在了风中："斯达卡那，阿都牙达，可里西多……"

天空越来越阴霾，黑云开始在远处的天空翻腾。

接着，只见黑衣人将袖袍一挥，顿时，一股黑色的云雾从天边飘了过来，迅速地笼罩了书虫儿村庄。

骤然，黑衣人的两只眼睛闪射出邪恶的光芒，"哈哈哈哈……"他的嘴里突然爆发出一阵放肆而狂妄的笑声，黑衣人警惕地四处张望着，发现没有人注意到他，立刻一头钻进了黑色的云雾中，向着村庄里疾步走去。

走着走着，黑衣人急匆匆的步伐突然停了下来。他站立在了一幢美丽奇幻的书屋面前，书屋上写着几个金字："神秘书屋"。

这幢书屋是金棕色的，书屋的墙上绘有各种古老而奇特的图案：上面绘有一些棕色人种，他们头戴羽毛、脸上画着彩纹、身穿兽皮，正在点火；还有许多各种形状的宫殿，都是由高大的石柱建起的；有许多跳舞的怪人和猛兽；还有一些奇怪弯曲的文字……"书屋"上有两道门，下面一道，上面一道，旁边是四个窗户。围绕着"书屋"盘旋而上的是一个环形的楼梯，楼梯像树枝一样分了很多杈通往各道门和窗户，楼梯的扶手上缠着青翠的藤蔓，长长地垂下来。

"书屋"前面有长长的石阶梯。周围是矮矮的绿篱，开满白色的小花。

茂密的绿篱紧绕着"书屋"，从外面看没有入口，黑衣人却大踏步地向着绿篱走去。

黑衣人刚走到绿篱面前，顿时，绿篱像受到了惊吓一样，骤然间，那些矮矮的枝叶飞速地开始蔓延伸长，随着一阵窸窸窣窣的响声，不一会儿，绿篱就已结成了一道又高又厚的绿墙，挡在了黑衣人的面前！

黑衣人的眼睛冰冷如刀，他猛然一挥手，从手掌里射出一道幽暗的黑光，黑光直击向绿篱，那幽暗的黑光充满了邪恶的力量，如同一把利剑猛然刺去，顿时，绿篱的枝叶开始收缩，回复到原来的模样。

黑衣人的眼中掠过一丝阴冷的笑意，他伸出手粗暴地抓住绿篱的枝叶，一阵猛扯，绿篱被拉扯下来，露出了一条窄窄的小路。

让人惊讶的是，黑衣人的手刚触到绿篱，那些碧绿青翠的绿叶就立即枯萎了，只剩下一些凋零而枯黄的枝叶！

黑衣人似乎根本不在乎发生的一切，他的眼睛如同老鹰一样犀利而阴郁，紧紧盯着书屋的大门，他走到大门前，敲了敲。

“有客人来到！有客人来到！”书屋里突然传出了一阵叫声，紧接着，又传来了一阵脚步声。

黑衣人眼中露出了诡异的笑意。不知道什么时候，他的手里多出了一封黑色的信。

“哗啦”一声门打开了，一个男孩的头伸了出来，就在这一刻，黑衣人猛然掀起一阵黑色的旋风，那旋风飞旋着把那封黑色的信吹到了门里，晃晃悠悠地落在了男孩的手里……

与此同时，黑衣人的脚下也刮起一阵黑色的旋风，猛烈的旋风中，黑衣人立即消失得无影无踪……

只剩下男孩拿着那封信站在书屋的门前。

男孩拿着手里的信向门外看去，屋子外面空荡荡的，什么都没有，只有笼罩着这幢书屋的黑色的浓云……

男孩眼里充满了困惑，信封上面赫然印着一个狰狞的骷髅头，他打开了信封，黑色的信纸上写着一排排鲜红的字，刺眼而让人震惊！

男孩轻轻地读了起来：“命运的轮子已经开始转动……没有人能逃避强大而邪恶的力量……对抗邪恶力量的人将遇到不幸……”

男孩的旁边是一只鹦鹉，听到男孩读出的内容，惊恐地尖叫起来：“强大而邪恶的力量……天哪……罗西……不幸……不幸的事要发生了！”

男孩的脸色变得很沉重，他皱起了眉头，凝神思索起来。

这个男孩就是书虫儿村庄的孤儿罗西。他自幼父母双亡，被书虫儿村庄原来的老村长西莫多爷爷收养了。

这时候，他刚刚和朋友们从惊险的幻境中逃离出来。就在不久前，书虫儿村庄遭遇到了一场可怕的灾难，由于禁地里的黑魔头狄摩·达伦被放了出来，狄摩·达伦把村庄变成了石头城，所有一切都成为了没有生命的冷冰冰的石头。罗西和他的朋友小龙女蓝琦、银箭精灵阿布、会说话的猪皮纳、水晶球小妖桑多斯一起历尽艰辛找到了神秘的魔书城堡和书精灵皮卡，得到了神奇的魔书，才破除了邪恶的魔咒，拯救了村庄。然而，狄摩·达伦并不甘心，他又从幻境中抢走了罗西的红石护身符，设计了一个蕴藏着阴谋的复活仪式。罗西和朋友们进入了幻境，差一点落入了狄摩·达伦的圈套，险些让狄摩·达伦获得了复生和得到强大魔力的机会，幸亏无字书中的头像摩根帮助他们逃出了幻境。

可是，罗西他们刚刚逃出幻境，却又接到了这封莫名其妙的黑信柬。

这一切后面究竟又藏着什么样的秘密？罗西的眼里充满了茫然。他手里捏紧黑信柬冲到门口，想看看究竟这封神秘的信是谁送来的。

“呜……”房门刚一打开，顿时，一股阴森而诡异的狂风呼啸着钻了进来，罗西感到一股透彻入骨的寒冷扑面而来，狂风裹挟着许多腐败的树枝和枯黄的叶子落到了屋子里，屋子里顿时弥漫着一股刺鼻而难闻的气味。罗西站在屋门前，那狂风吹得更加猛烈，“呜呜……”地呼啸吼叫着，围绕着罗西不断地飞旋，罗西的头发被吹得乱七八糟，他的衣服也被吹得呼呼作响，他感到自己的脚跟似乎在飘离地面，就要被狂风卷走了，这时，狂风里伸出了一只巨手，气势汹汹地向罗西抓来……

就在这个关键的时刻，“嗖”的一声，从屋里蹿出了一个人影，飞快地伸出手抓住了罗西，把他从狂风的漩涡中拖了出来，紧接着，又“砰”的一声猛然把房门关了起来！

狂风在屋外变幻出各种怪兽的模样，先是一头巨狮狰狞地咆哮着猛扑向房门，伸出利爪想撕开房门；接着，一条眼睛闪着幽光的黑蛇吐着蛇信子不断地用尾巴去扑打房门；再接着，一个双头怪用头凶狠地撞击房门……

房门先是只发出一阵阵窸窸窣窣的响声，后来，这响声越来越响，“轰隆轰隆”，随着门外的怪兽越来越猛烈地撞击着房门，书屋里的东西开始抖动起来，而这时，房门也看起来摇摇晃晃的，似乎很快就要被撞开了……

情况万分危急！就在这时候，只见刚才把罗西拉进门里的人将手里握着的一根金杖举起，向着房门一挥，骤然间，无数道美丽灿烂的金光从金杖中迸射出来，围绕着房门开始飞旋，并且焕发出绚烂耀眼的光芒！

顿时，万道金光透过房门直击向门外的那些怪兽，金光犹如成千上万根金针直刺向怪兽的眼睛和身上，“嗷——嗷——”怪兽发出一阵阵凄厉的嚎叫声，重新化为一股狂风，仓惶地逃离了。

“罗西，这究竟是怎么一回事？”一个老人威严的声音响了起来。原来，刚才把罗西从黑风中救出来的是一位老人，老人正是西莫多爷爷，他就是书虫儿村庄原来的老村长。他已经七十多岁了，银白色的头发和胡须长长地垂下来，黑眼睛深邃有神，戴着一副已经磨掉了光泽的老花眼镜，脸上是密密的皱纹。

平常，西莫多爷爷都很慈祥，可是这时候，他的神情十分庄严肃穆，他的眼神凝重，说话的语气也很严肃。他的眼光落在了罗西手里拿着的黑信柬上。

惊魂未定的罗西拿着手里的黑信柬，十分迷惘：“西莫多爷爷，我也不知道到底发生了什么事。我一打开门，这封黑信就落到了我的手里，狂风紧接着就想把我卷走……”

“把信送给你的人是谁？”西莫多爷爷忧心忡忡地问。

“我没有看见他……”罗西仍然是一脸茫然。

“发生什么事了？”一个清脆悦耳的声音在他们的身后响起——是一个美丽无比的女孩，她就是龙人族的女孩小龙女蓝琦。她的头上长着两个小小的龙角，穿着一身光芒熠熠的银衣，她的这身银衣永远不会沾染上灰尘。小龙女的腰间别着一根带着利刺的金鞭，闪烁着灿烂的金光。

小龙女蓝琦被罗西从百足蜈蚣和九头蝎子的手上救了下来，

后来，她就和罗西一起寻找魔书，并进入幻境粉碎了狄摩·达伦的阴谋，她留在了书虫儿村庄。

“是啊，我刚刚才睡着，就听到一阵阵狂风呼啸，真可怕呀……”一个身上背着银箭筒、长着金翅膀的小男孩紧张地说。小男孩叫阿布，是天生的神射手银箭精灵，在地洞里，他从七彩蛋中诞生，就一直跟着罗西和小龙女蓝琦。

“怎么回事？怎么回事？刚才究竟发生了什么？我的这条老命可经不起折腾了！好不容易才从幻境里面逃出来，我可不想再遇到什么怪事情！”一个老头不知从什么地方钻了出来，大惊小怪地尖叫着。这个老头是水晶球小妖桑多斯，他能用水晶球占卜，已经有三百多岁了，以前他属于老村长西莫多，可是，十二年前，迪诺知道了罗西出身于一个古老的家族，在传说中，这个古老的家族将会带给村庄可怕的灾难，所以，迪诺以此要挟西莫多老村长，获得了村长的位置，并且强占了桑多斯。迪诺千方百计想让桑多斯为他占卜，可是桑多斯却无论如何也不服从他。

“刚才的狂风好激烈啊，难道又要有什么可怕的事情发生了？”一个美丽的女子手拿银杖走了出来。她是花精灵的公主娜莎。她的头上戴着精致的金王冠，手里的银杖上镶嵌着七颗闪亮的星星，她的裙子很奇特，是各种花瓣做成的彩裙。

“哗啦……哗啦……”桌子上摆着一本陈旧泛黄的书，它突然开始快速地翻动起来。紧接着，书里刮起一阵旋风，只见书里的字符晃动着奇异的光芒，从书页上升腾起来，幻化为一阵烟雾，烟雾渐渐凝集，变形，隐隐约约地，一个头像从书里钻了出来。这个头像只有上半身，是一个长相滑稽的老头脸，他的眼睛惊恐地转动着，鼻子圆鼓鼓的，厚嘴唇上长着两撇八字胡，身上穿着一件破旧的红色制服。

“怎么回事？我都被你们吵醒了……”头像问道。书里的头像名叫摩根，黑魔头狄摩·达伦把大家都骗进了幻境中时，就是摩根把大家带出来的。其实，刚开始他也听从狄摩·达伦的仆人马可其的命令，但是，因为罗西和朋友们无私地帮助他救出了变成石像的弟弟，他十分感动，才毅然决定帮助罗西他们。

大家的眼睛一齐紧盯着罗西，因为他们好不容易才逃离幻境中惊心动魄的追杀，心里面都还惊惧不已。

“我也不知道究竟是怎么回事。”罗西把刚才发生的一切重新讲了一遍。

“天哪！肯定又有可怕的事情要发生了！”桑多斯尖声叫了起来，“我真不知道该躲到什么地方去！怎么办？怎么办呢？也许我们又会遇到不幸的事了！”桑多斯紧张地在屋子里踱来踱去，一双手十分不安地搓揉着。

“桑多斯！不要这么惊慌！”西莫多爷爷威严地走到了大家中间，“事情也许会很可怕，但是我们千万不要被吓倒！”

桑多斯有些不好意思地垂下了头，低声地嘟囔着：“我——我并没有被吓倒，我只是感到有那么一点点紧张……”

小龙女蓝琦似乎并不太在意：“现在，事情既然已经发生了，我们过多地担心也没有用，倒不如好好想想办法，弄清楚事情的真相！”

“对！小龙女说的有道理，大家都不要太惊惶失措，你们刚刚才逃离危险，还是先去好好休息吧。这件事情我们稍候再去查清楚。”西莫多爷爷看到几个孩子都是一脸疲惫，慈爱地露出了一个笑脸，说，“我相信一切都会好起来的！孩子们，做个好梦吧！”

说完，西莫多爷爷打开大门，这时，屋外夜色已经深浓，他披上了一件披风。

罗西问：“西莫多爷爷，您要出去吗？去哪里？”

西莫多爷爷走出门口，回转过头来，他的眼睛里透露出一丝担忧：“孩子们，不要问我的行踪，这是一个秘密。”

西莫多爷爷大踏步地走向深浓的夜色，夜行的疾风吹得他的披风不断地飞舞，罗西和伙伴们看着西莫多爷爷的背影渐渐消失在了夜幕中……

第二章 噩梦隐藏的秘密

夜色越来越深了。

罗西躺在床上，辗转反侧，难以入眠，只要一闭上眼睛，他的耳边就会响起一阵阵狂风的呼啸声，他仿佛又看到了黑风飞旋成漩涡想把他卷走，还有那只骤然伸出的巨大的黑手……

罗西猛然从床上坐起来，点亮烛火，重新把那封黑信柬拿了出来，罗西把黑色的信纸凑到了金色的烛火前，仔细地看着上面鲜红的字，他低声反复读诵着："命运的轮子已经开始转动……没有人能逃避强大而邪恶的力量……对抗邪恶力量的人将遇到不幸……"

"呜——呜——"窗外的风声突然间越来越紧，越来越狂烈，月光的投映下，罗西看到外面的大树被风吹得左右摇摆，并且被摇撼得发出"轰轰轰"的响声，紧接着，一个硕大的黑色影子陡然投射下来，遮蔽住了"神秘书屋"，顿时，一股阴森而诡异的气息笼罩在了周围！

"砰"的一声，罗西的窗户骤然间被狂风吹开了！

远远地，从暗影的深处似乎涌动起一股黑风，这股黑风狂啸着直向罗西的房间里扑来！

黑风卷进大大敞开的窗户，飞速地旋转着，直袭向罗西手里的黑信柬！

罗西感到黑风里似乎产生出一股巨大的力量，想要抢夺他手里的黑信纸，罗西不顾一切地紧紧抓住了黑信纸，他想也许这封信是一个线索，能帮助他查清事情的真相……

眼看黑风不能抢走黑信柬，猛然间，黑风幻化为一把黑色的利剑直刺向黑信纸！

“啊！”黑信纸发出一阵阵尖厉而刺耳的叫声！

罗西吓了一跳，但是他仍然紧紧地抓着黑信纸，然而，让他惊讶的事情发生了！当黑色利剑刺穿信纸时，黑信纸上的字不停地颤抖着，颤抖着，然后慢慢地融化了，化为一股红色的浊流，“滴答！滴答！”地落在了地板上！

还不等罗西反应过来，黑风马上席卷起地板上那一摊红色的浊流，飞速地蹿出了窗户！直奔向黑暗的夜色深处！

“砰！”窗户又重新关了起来，屋里只剩下罗西呆立着，手里握着那张黑信纸，四周一片寂静！

罗西凝神一听，外面寂然无声，只有夜风轻轻吹过的呜呜声，似乎刚才并没有发生过什么……

罗西展开了手里的黑信纸，更加让他大吃一惊的是，黑信纸上一片空白，上面所有的字全都消失无踪了！

罗西惊诧地瞪大了眼睛，他几乎不敢相信刚才发生的一切，可是，看着手里那张阴森森的黑信纸，他才确信，一些不平常的事情又在发生了！

夜更深了，西莫多爷爷还没有回来……

罗西感到疲惫而忧虑，他吹灭了烛火，重重地躺倒在床上，满腹心事地想着这天发生的一切，更加忧心忡忡……

不知不觉间，疲劳的罗西进入了梦乡……

一阵风吹来，他感到他的身体变得越来越没有重量，越来越轻，他的脚轻飘飘地走在一片空地上，四周是一片白茫茫的云雾，空茫无际，罗西努力地睁大眼睛，想看清楚周围的一切，可是，却什么都看不到……

罗西大声地喊道：“有人吗？我在哪里？”

四周一片死寂，没有任何声音。

罗西只能茫然地向前走，一边摸索着路边有什么东西，脚下不断有磕磕绊绊的碎石绊倒他，两边，不时有尖利的荆棘扎到他的手，他试图找到眼前的路，却发现只是徒劳……

走着走着，突然，在罗西的眼前出现了一个神秘的隧道，这个隧道闪着一阵阵幽暗的光，那晃动的幽光绿荧荧地忽明忽暗，在夜色中显得格外的诡异莫测，暗郁的光芒使周围的一切都笼罩在阴森之中。罗西感觉到一股透彻人心的寒意正在周围弥散，他的心紧张得一阵抽搐：这一切后面究竟又藏匿着什么？

渐渐地，一股黑色的烟云随着夜风潜袭而来，只不过一会儿，就弥漫在整个空间，在这片黑色的烟云中，只有那隧道口的幽光仍然若隐若现地闪现着，似乎那里隐藏着什么。罗西暗暗决定，顺着光源向前走，一定要走到那个神秘的隧道尽头，看一看到底发生了什么事。

“呜——呜——”狂烈的夜风暴戾地呼啸着，迎面向罗西吹来，罗西感到都快要被这一阵阵的狂风席卷而去了，于是，他拔出了蓝星宝剑做手杖，把宝剑戳在地上，支撑着他一步一步地往前走……

走啊，走啊，不知道走了多久，罗西终于站到了隧道的入口。这是一个只能容一个人钻进去的入口，入口的四周，一些幽暗的火星点点滴滴地闪烁着，飞旋着，看起来神秘莫测。

就在罗西准备钻进去的时候，那些幽光突然间汇聚在一起，随着“轰”的一声巨响，幽光变成了一条泛着幽绿光芒的巨蛇，张开了巨大的血盆大口，把头钻出入口，向着罗西猛扑过来！

罗西大吃一惊，急忙往回缩，身子向后一仰，巨蛇扑空了，擦着罗西的身子飙了出去！真是万分惊险！罗西险些就被巨蛇吞噬了！他被这惊心动魄的一刻吓得全身都出了冷汗！

可是，还不容罗西镇定下来，巨蛇又发起了进攻！巨蛇回缩过去，在夜色的暗影中，只看到巨蛇硕大的眼睛闪着幽深的绿光，凶恶而冷酷，更加显得阴森恐怖！借着幽光，罗西闪到了隧道左边，巨蛇立刻向左边狂飙过来！

罗西急忙就地一滚，滑到了隧道右边，同时，举起了蓝星宝剑向着巨蛇的头刺去！巨蛇显然没有料到罗西会向它进攻，将头一摆，嘴里发出“嘶嘶嘶”的声响，又回缩到了原位。

巨蛇停留在了隧道的入口，嘴里不断地吐出蛇信子，虎视眈眈地紧盯着罗西；罗西也握紧了蓝星宝剑，警惕地瞪视着巨蛇，双方对峙着，都不敢轻视对方。

罗西用眼角的余光观察着周围，发现隧道右边有一块巨石，就在自己的脚边，他立刻有了主意。罗西用尽全身的力气，以飞快的速度抱起了巨石，在巨蛇的眼前一晃，巨蛇以为罗西准备进攻了，立刻张开巨嘴，向罗西猛扑过来！罗西看准时机，猛然将巨石向巨蛇的嘴里扔去！巨石砸到了巨蛇的嘴里，巨蛇发出了一阵嘶哑的叫声，准备向后退缩，就在这千钧一发的时刻，罗西挥舞着蓝星宝剑，飞身跃起，向着巨蛇的头上砍去！

锋利的蓝星宝剑无人抵挡，“轰”的一声巨响，巨蛇的头掉落在了隧道口。

罗西靠在隧道口的石壁上，气喘吁吁，惊魂未定，幽暗的光线下，他看到巨蛇的血汩汩地流了出来，缓缓地流成了一条血河。

可是，还不等罗西回过神来，从隧道口里就传出来了一声声凄厉的尖叫声：“他把守望的巨蛇杀死了！他把守望的巨蛇杀死了！”

紧接着，就听到了隧道里面传来了纷乱的脚步声，似乎有什么人在奔跑。

罗西已经感到精疲力竭，他无力地看了一眼死去的巨蛇，转身准备离开，他不再打算去探索那个神秘隧道里究竟藏匿着什么。

就在这时，一阵阵嘶哑的声音响起来，发出的神秘低语在罗西的耳旁响了起来：“是的，命运的轮子已经开始转动……没有人能逃避强大而邪恶的力量……对抗邪恶力量的人将遇到不幸……”

这神秘的低语反反复复地念叨着，而且越来越响，越来越强烈，那声音在回荡着，更加显得恐怖诡异……

罗西不由停住了离开的脚步：“这不正是那封神秘的来信上写的内容吗？为什么会在这个神秘的隧道里响起？”

“你是谁？你到底想要做什么？”罗西禁不住大声地问道。

“哈哈哈哈！我是与世界为敌的人！你以后不要再问我这个问题，因为有一天你会知道的！哈哈哈哈……”那笑声回响着，震荡得隧道的石壁发出一阵阵嗡嗡的回声。

罗西想起了西莫多爷爷忧心忡忡的样子，他改变了主意，决心进到隧道里探清楚究竟发生了什么。

他走到了隧道口，刚想去拖巨蛇的尸体，突然间，一道幽暗的黑光迸射出来，直击在巨蛇的身上，“嗞”的一声，只见巨蛇的身体冒出一缕青烟，顿时就化为灰烬，消失得无影无踪。

罗西愣住了，但是，心里的恐惧并不能阻挡他，他握紧蓝星宝剑，钻进了隧道口。

呈现在他眼前的却是一条宽敞的大道，大道的两旁有无数个火台，火台里燃烧着熊熊的烈焰。可是，奇怪的是，这里的火焰不是红色的，而是泛着幽暗光芒的蓝火，那些蓝火变幻着，从火焰里不时钻出一个个头像，一会儿是一个长着蓬乱头发的老女人，一会儿是长着大鼻子的老头，一会儿是一头野狼，一会儿是一个四头怪……

“你不需要光明，你不需要火，即使是邪恶之火。”火焰里的一个头像——一个戴着头盔、眼露凶光的男人尖声叫着。

顿时，“呼”的一声，从隧道的另一头刮起了一阵狂风，席卷而来，把所有的火焰都熄灭了，四周一片死寂，只剩下一片黑暗。

这时，罗西的蓝星宝剑骤然绽放出了美丽灿烂的莹莹光芒，照亮了他前面的路。

罗西不知道前面还会出现什么，他小心翼翼地向前走着。

来到大道的尽头，他的面前是一扇门，当罗西走到门前时，“轰”的一声，大门自动打开了，罗西刚走了进去，随着隆隆巨响，大门又在他的身后关上了。

这是一间密室。罗西刚进了门，“砰！”忽然间，密室里四周的烛台全都蹿跃起了火焰，更奇怪的是，这些火焰是闪动着邪恶光芒的黑火焰！罗西骤然感到一个无形阴暗的阴影不断地膨胀着，向他笼罩过来，他察觉到，一些无形的怪影在他的四周，充满了每个角落。而这一切都还微不足道，更让他可怕的是，他突然感觉到自己能感知到邪恶的东西，就在这间密室里，那些隐形的东西，他似乎也能看到了，比如，四周飘浮的黑影和狰狞的野狼。

怎么会这样？罗西暗暗地纳闷，要知道，在这个魔幻世界，能感受到邪恶的人，必须是心里也潜藏着邪恶力量的人。

借着蜡烛幽暗的黑火焰，罗西仔细地观察着四周，他这才惊奇地发现，这是一间十分奇怪的密室。密室的墙全是一些白色的砖块砌成的，而那些砖块上全都刻满了黑色的奇形怪状的字符，而当他凝神再仔细看的时候，他发现那些字竟然和斯诺文字十分相似。不！应该说是外形是一模一样的，所不同的是，这些字全都闪现着一种邪恶的黑色光芒，似乎它们准备着吞噬周围的一切！

罗西惊讶地瞪大了眼睛，他凑到了墙壁前，想仔细地看清楚这些奇怪的文字，可是，他的身后突然响起了一个阴森森的声音："欢迎……欢迎……欢迎你到这里来……"

罗西猛然回转过身，寻找声音的来源，然而，他的身后并没有人！在他身后的墙上，挂着一幅空白的画布，突然发出"轰"的一声巨响，紧接着，罗西看到那幅画布上升腾起袅袅的青烟，不断飞旋上升，更迸射出紫色、红色、蓝色、黄色、黑色的烟雾，烟雾缭绕着，交缠着，伴随着烟雾的旋转，飞溅出无数的火星，然后，画布里发出一阵阵刺耳而尖厉的叫声，在密室里久久地回旋……

于是，画布开始呈现出各种各样的颜色，渐渐地，一个人影浮现了出来，这是一个多么诡异的人啊：这个人身上穿着一件长长的黑袍，脸上戴着奇怪的面具，他的面具每过一小会儿就会变化成别的模样，这个人影脸上的面具一会儿是鲜红的，一会儿是幽蓝的，一会儿是暗黑的，一会儿是深绿的，这个面具时而奸诈，时而邪恶，时而狰狞，时而阴郁，让人看了心惊胆战！

面具人伸出手一挥黑袍，顿时，从他的袖子里卷起一股强劲的旋风，旋风飞旋着，直袭向砖块，砖块上的黑色字符渐渐从砖块上剥离出来，飘浮到了空中，黑色字符一脱离了砖块，立刻长出了一对对黑色的翅膀，飞旋在空中，并且发出一阵阵低低的窃窃私语。

"他就是那个男孩！"

“我们一定要改变他的命运！”

“是的！我们一定要用邪恶的力量掌控他！”

……

“你究竟是谁？”罗西大声问道。

“哈哈哈哈！你不必知道……”画布上的面具人阴森森地说，“但是有一天，你最终将归随我们……一切都会在我们的掌控之中……包括你……”

“轰隆轰隆！”密室开始剧烈地晃动起来，似乎有什么东西在用力摇撼着它。“呼！”一股烈焰腾空而起，烟雾弥漫，转眼间，又烟消云散，而罗西这时再看看四周，却发现到处都是空荡荡的一片，什么都没有了，消失得无影无踪。

罗西转身想要离开这里，然而，他突然听到了有人在轻轻地呼喊他：“罗西，你在哪里？你在哪里？”

那声音越来越响，渐渐地，似乎有很多人都在呼喊：“罗西，你在哪里？你在哪里？”

罗西抬头四顾，却惊讶地发现：在密室里竟然飘荡着成千上万个人影，而那些人影都和自己长得一模一样！

“你们是谁？”罗西惊异地问道。

“你是谁？”那成千上万个罗西也问道。

“我是罗西！”罗西大声地回答。

“我才是罗西！”那成千上万个飘浮在空中的人影也回答说。

罗西开始感到疑惑了：“那么我是谁？”

“我们不知道你是谁！我们不知道你是谁！”那成千上万个人影飘来荡去地说。

罗西感到自己一阵阵眩晕，那成千上万个人影开始围着罗西飞旋，不停地问：“你究竟是谁？你究竟是谁？”

罗西苦苦挣扎着，反反复复地告诉自己：“我就是罗西……我就是罗西……”然而，千万个声音仍然反复地说：“你不是！我们才是罗西！”

不知道什么时候，画布上的面具人又出现了，他的脸上挂着邪恶奸诈的笑容问罗西：“你究竟是谁？”

罗西茫然地摇了摇头："我不知道，我究竟是谁？你告诉我，我究竟是谁？"

面具人得意地露出了一个狡黠的笑容："你跟我走，让我来告诉你，你到底是谁？"说完，面具人飘出了画布，穿过成千上万个飘浮的人影，向着罗西飘荡过来。

"你跟我来。"说着，面具人向画布里飘荡进去，罗西紧跟在后面，来到了画布面前，他感觉到一股强大的力量向他袭来，顿时，他也被吸进了画布里，画布里是一条长长的暗道，似乎能把所有的光都吸走，诡异而阴沉。

面具人带着罗西来到了一间宽大的客厅，周围全都是一些高大的石柱，石柱上雕刻着各种蛇和怪兽。

"该你来做点什么了，邪恶的力量终将被唤回……"面具人阴森森地说着，从面具里喷出一股散发着奇怪味道的烟雾，罗西顿时感到迷迷糊糊的，他什么都不记得了，只隐约觉得面具人让他拿出了什么东西，说了几句什么话，他努力地想清醒过来，却毫无能力掌控自己……

过了许久，罗西才渐渐清醒过来，他发现自己已经又回到了密室里，而此时此刻，面具人伸出了手，正想要抓住他，就在他快要碰到罗西的时候，罗西戴着的红石护身符骤然放射出璀璨夺目的红光和金光，道道光芒如同千万把利剑直刺向面具人！

"啊！"面具人尖叫着蒙住了自己的脸，惊恐不已地向画布里逃去！

"我是谁？我究竟是谁？"罗西茫然地追问自己。

红石护身符散发出道道灿烂绚丽的红光和金光，光芒幻化为一只美丽无比的大鸟，仰天发出一阵清脆的鸣叫，大鸟飞到了罗西的面前，这时，逃到画布里的面具人恶狠狠地发出一阵狞笑："你们想逃？我不会让你们如愿以偿的！"

面具人猛然一挥手，对着空中飘荡的人影发出一声尖厉的长啸："快抓住他们！"

顿时，那千万个飘浮在空中的罗西脸上都露出了一阵让人恐怖的凶恶之相，他们纷纷拔出手里的蓝星宝剑向罗西和大鸟猛攻过来！

“我是谁？我究竟是谁？”看到无数个罗西向自己进攻，罗西的心里更加迷惘，他反反复复地自言自语。

千万把利剑都直刺向罗西和大鸟，罗西却茫然不知所措，就在这时，那只大鸟仰天长啸，从它的嘴里突然绽放出无数色彩缤纷的音符，金色、红色、蓝色、紫色、绿色、银色……这些音符闪烁着璀璨夺目的光芒，伴随着大鸟那清脆悦耳、美妙得如同天籁的歌声向着空中飘浮的人影飞去……

只见这些音符轻灵地飞舞着，纷纷降落在了人影的利剑上，它们绽放出万道光芒，夺目的光彩围绕着人影手中的利剑飞旋，顿时，所有的人影都被笼罩在了光芒之中，耀眼的光辉中，千万把利剑就仿佛被融化了，在悦耳动听的歌声中，一点点分崩离析，一点点消散，一点点失去了形状……大鸟的歌声更加婉转和凄清，里面似乎透露出深切的悲哀和无限的忧伤，又仿佛深藏着无尽的爱和思念，歌声是如此地动人心扉，如此地撩拨人的心绪，那些飘浮在空中的人影听到歌声，也全都露出了深深的忧伤和无奈，渐渐地，在歌声中，那些飘浮的人影在失去了宝剑后，纷纷向四面的墙壁飘荡过去，隐入到了墙壁之中……

藏匿在画布里的面具人尖叫着：“不要听它的歌！快出来！不要听它的歌！”

但是，人影仍然不断地向着墙壁隐去……

面具人一下子拔出了一把黑色的利剑，向大鸟刺去！

大鸟轻轻一扇翅膀，顿时，一片绚烂的七色云彩飘浮出来，覆盖住了画布，只听得到面具人不断地挣扎着吼叫着：“快放我出去！快放我出去……”

“孩子，我们可以走了……”大鸟转过头来对仍然一脸迷茫的罗西说。说着，它轻轻俯下身子，托起了罗西，向着神秘的隧道口飞去……

“我究竟是谁？我是谁？”罗西喃喃自语着，他醒过来了，发现自己正躺在床上。

“我是谁？我究竟是谁？”罗西仍然在反复地低语。

“你是谁？你当然是罗西了！”一张美丽俏皮的脸猛然出现在了罗西眼前——是小龙女蓝琦，不知道什么时候她钻了进来，脸上露出一个慧黠的笑，顽皮地回答说。

“我在哪里？我到底在哪里？”罗西挣扎着起来。

“真是奇怪，你当然是在神秘书屋里啦，难道你去夜游了不成？”小龙女似笑非笑地说。

罗西感到自己头痛得厉害，刚才经历过的一切难道是梦境？那神秘的隧道，诡异的黑色字符，晃动的幽光，还有千万个飘浮的人影都是梦里的情境？

罗西下了床，心事重重。

“哦，孩子们，你们都起来了吗？能不能告诉我今天可以吃点什么美味的早餐？”一个脑袋从门后钻了进来，是水晶球小妖桑多斯。但是当他一看到罗西的时候，他立刻尖叫起来：“哦，我亲爱的孩子，你怎么了？为什么你的脸色这么苍白？你为什么看起来这么疲惫不堪？”

“是啊，罗西，你怎么了？你的样子可真让人担心啊！”银箭精灵阿布也钻了进来。

罗西努力控制着自己心里的疑惑和恐惧，尽量用平静的声音说：“没有什么，我想是我昨夜做了一个噩梦。”

“噩梦？我的天哪，孩子，你看起来情况非常不好，你能和我们讲一讲这个困扰你的噩梦吗？”桑多斯瞪大了眼睛，一边用手挠着他那有些零乱的头发。

“是这样的……”罗西把梦境中的经历仔细地讲述了一遍。每当他讲到惊险的地方，总是引得桑多斯和阿布惊叹不已，发出一阵阵“哦！天哪！”的叫声。小龙女蓝琦却显得气定神闲，一边静静地听着，一边舞动着自己的金鞭。

当罗西讲到空中飘浮着千万个与自己长得一模一样的罗西的时候，花精灵公主娜莎惊讶地尖叫起来：“怎么会这样？为什么会有那么多罗西？”小龙女也好奇不已地把头凑了过来。

罗西说到自己最后迷失了自我，站在千万个罗西中，不知道自己是谁，十分惶恐，不知所措。

听到这里，桑多斯的神色越来越凝重，也越来越严肃，他不安地跺了几下他的银靴子，扯了扯他帽子上的绒球，若有所思地说：“看来这个梦境并不是那么简单，我感觉到这个噩梦中一定隐藏着什么东西……”

“是的，这个梦境后面到底藏匿着什么，我们有必要弄清楚。”花精灵公主娜莎皱起了眉头，显得很担忧。

“那我们究竟该怎么办？”阿布一脸茫然地问。

“水晶球，也许只有水晶球能帮帮我们。”桑多斯背着手在屋子里踱来踱去，“也许它能告诉我们这件事情后面潜藏着的东西。”

“好吧，那就不用耽搁了，我们现在就开始用水晶球占卜吧！”小龙女蓝琦说。

“好！你们跟我来！”桑多斯飞奔而去，罗西、小龙女、娜莎和阿布紧跟在他后面，向着书屋下面的地下室跑去。

通向地下室的木楼梯发出“咯吱咯吱”的响声，五个人飞快地跑下楼梯，直奔楼下的一间地下室。这间地下室的房门是长方形的，棕褐色的木门，紧挨着它的另外两间房门也是一模一样的。原来，桑多斯被迪诺村长抢去后，他不愿意为迪诺村长占卜，迪诺村长经常把他关在黑房子里，因此，西莫多爷爷就为桑多斯准备了一间房间，桑多斯随时都可以到神秘书屋来，如今，桑多斯就把他的水晶球放在了这间房间里。

桑多斯冲进房间，就直奔房间正中的一张石桌，在这张石桌上，摆着一个支架，上面放着一件东西，外面盖着一块蓝色的天鹅绒。桑多斯一把揪下了天鹅绒盖布，顿时，一道明亮耀眼的银光骤然迸射出来，照得整个房间亮堂堂的。罗西、小龙女、娜莎和阿布也被这明晃晃的光芒照得眼花缭乱。

石桌上正是放着晶莹剔透的水晶球，此时此刻，它焕发出亮丽灿烂的银光。

小龙女微微一笑说：“桑多斯，你快为我们占卜吧。”

“好好好！”桑多斯一迭声地答应道，他高喊道：**“我上能摸到天，下能钻入地，阿卡阿卡哒哒哒，神奇水晶球显魔力！”**接着，他站在了水晶球的面前，伸出手对着水晶球念起了咒语：“斯多卡桑，阿里可奇，卡斯蓝多……”

“哗！”从桑多斯的手里冒出了两道光芒耀眼的白光，直射进了水晶球，水晶球里迸发出更加强烈的光芒。

“罗西，你快过来把手放在水晶球上。”桑多斯转过头对罗西说。

“好的。”罗西急忙走到水晶球前，把手放在了水晶球的顶部。

“轰轰轰！”当罗西的手刚刚放到了水晶球上，骤然间，水晶球开始剧烈地晃动起来，坚固的石桌也被震荡得摇摇晃晃，紧接着，仿佛整间房间都被摇撼得晃动起来！

“出什么事了？出什么事了？”阿布一边站立不稳，一边惊惧地尖叫起来。

“快看水晶球！”桑多斯高声地喊道。

“啊——呜——”水晶球突然发出一阵阵尖厉的呼啸声，接着，一股黑色的烟云在水晶球里升腾变幻，那烟雾缭绕着，翻滚着，成为一股黑色的浊流，不断地翻腾着，奔涌着，看起来诡秘而阴森。

“水晶球，罗西的梦境里到底藏匿着什么？”桑多斯紧张不已，他声音颤抖地问道。

只见那股黑色的浊流旋转着，渐渐变幻成为一个个黑色的字符，那字符闪烁着邪恶的黑光，并传出一阵阵神秘的低语和凄厉的尖叫声！

“天哪！我在梦中看到的就是这样的黑色字符！”罗西失声惊呼道。

那些黑色字符袅袅飞升，骤然间，迸射出无数道黑光，将周围的光芒全都吸了进去！

“太可怕了！太邪恶了！”桑多斯和阿布惊叫起来。

“轰！”水晶球里突然发出一声巨响，一个头发凌乱的男孩出现在了水晶球中，那正是罗西的幻影！一瞬间，那些黑色的字符立刻疯狂地向水晶球中的罗西涌去，它们如同一股股黑绳一样紧紧地缠住了罗西，让罗西的幻影动弹不得。站在水晶球外的罗西不由得瞪大了眼睛，看着这惊心动魄的一刻！

“噼噼啪啪！”那些黑色的字符突然发出了一阵阵爆炸的声音，接着，它们开始围着罗西的幻影飞速地旋转，字符闪烁着黑色的幽光，诡谲而阴郁，它们旋转得越来越快，最后，幻化为一条巨大的黑蛇，一口把罗西的幻影吞没了！又是“轰”的一声巨响，水晶球里的幻影全都消失了！只剩下一片死寂和一团黑雾笼罩着！

“啊！”罗西、小龙女、桑多斯、娜莎和阿布都情不自禁倒吸了一口冷气，桑多斯还吓得一下子跌倒在了地上，脸色苍白。

“水晶球，请告诉我，这一切意味着什么？”桑多斯强打精神站了起来，有气无力地问道。

水晶球里的黑色烟雾袅袅升腾，幻化出几个硕大的闪着幽光的黑字：黑魔字！

接着，水晶球里传出来一个凄清的声音：“罗西噩梦里隐藏的秘密，全都在于黑魔字……只有解脱它的束缚，才能获得真正的勇气和自由，否则，就会失去自我，终将被黑暗吞没和毁灭！”

“那我们该怎么办？”桑多斯紧张不已地问道。

“我不知道，命运的轮子已经开始在转动了，一切只能靠你们自己，人最大的敌人就是自己。”水晶球回答道，紧接着，那些黑色的烟雾渐渐消散了，水晶球归于平静。

第三章 失落的锦袋

与此同时，在一间幽暗的密室里，正在发生着一件诡异的事情。

一条神秘的隧道通向这间密室。密室里一片狼藉，密室的正中是一个黑石块垒砌成的高台，黑石块上刻着一些奇形怪状的字符和图案；面向门的高台前是一条长长的石阶梯，泛着幽暗的光，密室里十分阴暗，不时，有一阵阵阴冷的风呼啸着在密室里窜来窜去，发出尖厉的啸声。密室的四周东倒西歪地放着一些古怪的雕像，有的是野狼，有的是驼背的老女人，有的是执剑的士兵……那些雕像都皱着眉头，圆睁着眼睛，似乎正在忍受着巨大的痛苦。

这间密室的墙壁上挂着一幅巨大的空白的画布，画布一直垂到了地面。画布已经泛起了点点黄斑，而且起了很多褶皱，显得十分破旧。角落里，一只老鼠战战兢兢地钻了出来，向着画布爬去，它刚刚爬到了画布前，伸出鼻子想嗅一嗅，猛然间，从画布里“噌”地伸出了一只脚，恶狠狠地向老鼠踢去。“吱！”老鼠发出一声惊叫，惊惶失措地逃窜而去。

渐渐地，空白的画布上渗透出了各种各样的颜色，并且越来越清晰，最后，画布被填满了，赫然间，一个身穿黑袍、脸上戴着面具的人像显了出来！面具人看起来冷酷无情，他的眼睛里骤然射出一道寒光，向四周扫视着。紧接着，他伸出脚，大步地跨出了画布，点燃了密室里的蜡烛。

这些蜡烛很奇特，是人形的蜡烛，它们一点燃，立刻就开始窃窃私语。

“面具人擅自行动，他会倒霉的。”

“我倒是很乐意看看面具人怎样对付那个男孩。”

“事情不太妙，那个男孩的力量很强大。”

“是的，他还有保护他的神奇的护身符。”

……

这时，“呜——呜——”风声呜咽着席卷而来，顿时，一阵狂风席卷着沙尘、泥土和枯枝败叶袭进密室里，面具人举起了宽大的黑袍，抵挡着袭来的风沙。他惊骇的眼睛紧紧瞪着门口。

一个硕大的黑影子怪物就站在门口！这怪物是黑色半透明的，只有上半身，下半身是一股会流动的黑雾。怪物的脸是如此地狰狞凶恶，让人看了都会惊恐不安！

“哦，亲爱的主人，您亲自来了……”面具人弯下身子，深深鞠了一个躬。

“面具人，你不乐意看到我来吧……”怪物阴森森地说。

“哪里，主人，我愿意为您效劳，只要是您的命令，我都会严格地遵从，无论是上刀山，还是下火海。”面具人看到怪物脸上浮现出不怀好意的冷笑，紧张地说。

“事情办得怎么样了？”怪物一边说，一边飘荡到了高台上。高台上放着一把已经断裂开的石椅，怪物坐在了石椅上，看上去更加可怕。“尊贵的主人，事情进展得非常顺利，一切都会朝着您的计划去执行。”面具人胆战心惊地回答道。

“我们黑暗的力量正日渐衰落……必须依靠那个男孩……我们的势力将得到复兴……黑魔头的未来仆人……一切都要有严密的计划……”怪物的声音更加阴森恐怖，他的脸上露出了一个奇怪的笑容。

“是的，主人，您放心，您的计划一定会实现，现在，黑暗的力量已经释放了出来，邪恶正在复兴，您的宏图大业不久就会实现了。”面具人站在高台下，身体伏在地面上，谄媚地说。

“是的，邪恶的力量正在复兴，那个男孩已经帮助了我们，可是他却还不知道……哈哈哈哈……”怪物阴森森地笑着。

“主人，您是多么英明啊……”面具人脸上挂着讨好的媚笑。

“好了，面具人，不要轻易暴露你的身份，我的计划只许成功，不许失败，否则……”怪物突然伸出手，从他又黑又长的手指里射出一道黑色的电光，直击在高台的一个角落，“轰隆隆”一声巨响，高台的一边坍塌了，烟尘滚滚翻腾，呛得面具人直咳嗽，而那些人形蜡烛更是吓得噤声不再说话。

“要知道，那个男孩必须加入我们的阵营……哈哈哈哈，黑魔字将发挥它强大的诱惑力量……”怪物发出一阵阵阴森诡谲的笑。

“是的，主人，您最终将是世界的主宰……”面具人跪伏在地面上，不停地颤抖着。

风，呼啸而过，却没有人知道这个角落发生了什么事。

“黑魔字究竟是什么东西？为什么水晶球占卜出它是噩梦后藏匿的秘密？”在神秘书屋的客厅里，罗西不安地走来走去，忧虑地说。

“这件事情是有点蹊跷，可是说实话，我却不那么担心。”小龙女蓝琦心不在焉地一边回答，一边抽出了她的金鞭轻轻挥舞着，金鞭一会儿卷起一张桌子，一会儿翻开了一本书，一会儿又用茶壶倒了一杯水。

“蓝琦，我越来越担心，而且我的这种忧虑也越来越重……”罗西眼睛紧盯着地板，似乎很紧张。

“究竟是什么事情？”看到罗西一副忧心忡忡的样子，小龙女这才安静了下来。

“我感到邪恶的力量一点点地在我的身上蔓延。当我走过森林的时候，我可以感觉得到隐藏在暗影中的邪恶的力量。我听得到猫头鹰发出的尖厉的嚎叫，我看得到野狼凶残的眼睛，我感觉得到蝙蝠嗜血的贪婪，还有，乌鸦带来的不幸与灾难的阴影……”罗西的声音低沉而嘶哑，听得出他的心情很沉重。

小龙女的眼睛骤然瞪大了：“怎么会这样？要知道，只有当邪恶的力量在你心里的时候，你才会接受它的感召。罗西，究竟

发生了什么事情？”

“实际上，我很担忧，我觉得我仿佛做了什么事情，而我自己却已经记不得了，我的意识似乎曾经被控制过，因为我的脑海里出现了一段空白，我无法把它回忆起来。就是在那个梦境中，当那个面具人把我带到一间宽大的房子里的时候，他向我喷出了一股奇怪的烟雾，我仿佛失去了意识，他让我拿出了什么东西，我好像说了几句什么话，我想努力地掌控自己，可是，却无能为力……”罗西的表情看起来很茫然。

“不好了！出大事情了！救、救命呀！”正在这时候，桑多斯和阿布跌跌撞撞地冲了进来，他们俩圆睁的眼睛充满了惊慌和恐惧，当桑多斯见到罗西和小龙女蓝琦时全身都在颤抖！

“究竟发生了什么事？”罗西紧张地问道。

“禁、禁地，不得了了，那里的邪恶东西又钻出来了！”桑多斯端起一杯水“咕嘟咕嘟”地喝了个精光，他一边抚着胸口，一边气喘吁吁地说。

“怎么可能？”小龙女蓝琦惊诧地握紧了手里的金鞭。

“是、是真的！那些代表邪恶力量的白脚黑蜘蛛和黑蛇又出现了！就在森林的禁地里，我、我们亲眼看到的！”阿布惊悸不已地回答说。

“奇怪！禁地里的白脚黑蜘蛛和黑蛇不是已经装进锦袋里了吗？”蓝琦不可思议地问道。原来，罗西和他的朋友们曾经到过幽灵城，得到了哭泣的画像托尔斯给的一个神奇的锦袋，这个锦袋只要主人念出咒语，就能将东西装进锦袋，并且隐形消失。在解救变成石头城的书虫儿村庄时，罗西曾经在禁地里念出了咒语，把禁地里所有邪恶的东西都装进了锦袋里。

“罗西，你是不是把锦袋给了别人？”小龙女蓝琦转过头来问罗西。

“没有啊！我一直把锦袋随身带着，谁也没有给过啊！”罗西伸手向腰间别着锦袋的地方摸去。

“啊！不好了，锦袋怎么不见了！”罗西惊呼起来——他摸到腰间是空的，锦袋竟然丢失了！

“那么咒语呢？你难道告诉给别人了吗？”小龙女蓝琦瞪大

了眼睛。

“没有！根本没有！”罗西斩钉截铁地回答说，“这么一件大事，我怎么会轻易地告诉别人！”

“事情一定有原因！白脚黑蜘蛛和黑蛇的出现，意味着黑暗势力的增强，我们的对手越来越强大了，现在，情况更加复杂了！”小龙女蓝琦的手紧紧攥住了金鞭。

“糟糕！书精灵皮卡还在禁地的魔书城堡里，黑暗力量出现了，那里就更不安全了！我担心这里面有阴谋……”罗西紧紧皱起了眉头。

“快走！我们必须马上赶到禁地，查清楚究竟是谁偷走了锦袋，放出了邪恶的力量！”蓝琦一挥金鞭，已经带头飞身蹿出了书屋。罗西、桑多斯、娜莎和阿布急忙紧跟在后面。

森林里，五个人影飞快地奔跑在小路上，时不时，惊起一群飞鸟，或是一只野兔。风呜呜呼啸，阳光在树丛间投下斑驳的光影，路边的野花绽放得正茂盛，可是，罗西和伙伴们谁也没有心情停留一下，他们飞奔着，直赶往禁地。路越来越窄，树木也越来越稀少，他们的心情也越来越沉重。

禁地到了。

让他们大吃一惊的是，禁地完全变了模样，或者说，禁地又恢复了它原来被黑暗力量控制时的模样！他们刚一到达禁地，陡然间，一片巨大的黑影就直逼下来笼罩住了他们！正是那道可怕的荆棘篱笆！

“怎么会是这样？”罗西惊诧不已地问道。

原来，在解救变成石头城的书虫儿村庄时，书精灵皮卡看守着的魔书散发出了强大的魔力，使得禁地里的邪恶力量都纷纷逃遁，当时，禁地恢复了一派生机，重新长满了繁盛的树木，就连那可怕的荆棘篱笆上都长满了绿草，生机盎然。

可是，现在，在他们面前的是一派颓败阴暗的景象！

几只小鸟掠过了禁地上面的天空，一看到那硕大的暗影，“吱吱吱”惊叫着飞快地逃走了。

五个人沉默了，禁地里一片死寂，只剩下风声飕飕刮过。

罗西抬起头来注视着眼前这硕大的黑影。

这是一个巨大的环形篱笆，无数根粗壮的棕黑色的荆棘编织着，交错着，蔓延着，盘结成一个硕大的圆圈，形成了一道厚厚的墙，严严实实地围裹起里面。

“呼——呼——”突然间，一阵沉重的呼吸声传了出来！这时，一只小野兔跑到了阴影里，“吱”地尖叫着，狂奔着，逃窜进了树丛。

一片阴森。

“听！这些树枝和荆棘会呼吸！”桑多斯颤抖着缩到了罗西的身后。

桑多斯的话音才刚落，只见那些荆棘就像活过来一样，开始纷纷挪动，它们穿插着，互相编结得更结实，这些荆棘长着长而尖的利刺，看起来如同一条条巨蟒挛动着，真是让人胆战心惊！

“我—— 我们还是回去吧！我看这—— 这形势可不太妙……”桑多斯一边打哆嗦，一边战战兢兢地说。

桑多斯的话音未落，“嗖嗖嗖……”只见荆棘抽动着，回缩着，卷起了一地的灰尘，在弥散的灰尘中，缓缓显出了一条窄窄的小路……

“走！我们进去看看！”罗西拔出了蓝星宝剑向着小路走去。

“哦，不，这样可太危险了，我可不想去送死……”桑多斯想退缩，可是，看到蓝琦握着金鞭，阿布拿着银箭已经跟在了罗西的后面，他只好愁眉苦脸地，一步一挪地跟在了后面。

就在小路的尽头，一大群巨大的白脚黑蜘蛛赫然出现在他们面前！

黑蜘蛛眼里闪着凶残的寒光，虎视眈眈地紧盯着他们！

而更让他们惊讶的是，原来伫立在禁地里的黑色书屋又恢复到了原来的样子！黑色的屋子即使是在阳光下也泛着诡异的幽光，红色的符咒如同一道道血流阴森恐怖！黑色书屋上还积满了灰尘，布满了蜘蛛网。看起来陈旧而破败。

这意味着，黑书屋里的魔书城堡也可能面临着可怕的灾难！

罗西的心骤然一下子紧缩了起来，他毫不犹豫地握紧了蓝星宝剑向着黑蜘蛛冲去！他的心里只有一个信念：必须进到黑书屋

在神秘书屋，突然间出现了一个神秘的黑衣面具人，他刮起了一阵狂烈的黑色旋风，把一封黑信柬吹到了罗西的手中。紧接着，一阵黑风刮起旋涡想把罗西卷走，西莫多爷爷用金杖射出的金光赶走了黑风幻化出来的怪兽。

拯救皮卡和魔书！

领头的一只巨大的黑蜘蛛迈着长脚，向着罗西扑了过来，滚滚的烟尘在它的身后扬起！它的身后，更多的黑蜘蛛也咆哮着猛扑过来，漫天的烟尘翻腾着，就好像一支庞大的军队正向罗西他们进攻而来！

“看来我们可以好好打一架了……”小龙女蓝琦挥舞着金鞭，毫无畏惧地说。

“哦，天哪，这可不是我的愿望，我真希望有一个地洞，可以让我钻进去躲一躲。”桑多斯一边喋喋不休，一边紧张地缩在罗西后面。

“我知道黑蜘蛛是虫子，我、我可怎么办？”阿布想起虫子就心有余悸。

黑蜘蛛甩开长腿，不一会儿就包围到了他们的身边。

领头的黑蜘蛛眼里迸射出贪婪阴冷的光，“噗！”它的嘴里突然吐出了一根又粗又长的白丝，瞄准罗西的蓝星宝剑，想一下子就死死缠住罗西的宝剑，让罗西无回手之力。

罗西并不慌忙，他轻轻一侧身，躲过黑蜘蛛白丝的进攻，顺势将手里的蓝星宝剑用力一挥，锋利无比的蓝星宝剑轻而易举地就把白丝砍断了。

小龙女蓝琦将金鞭一抖，金鞭骤然伸长，反缠住了一只黑蜘蛛吐出的白丝，“回缩！”蓝琦一声轻喝，金鞭又骤然缩短；蓝琦再一用力将金鞭一甩，那只黑蜘蛛就被扔到了空中，又狠狠地摔在了地上，四脚朝天，半晌都翻不过身来。

“哈哈哈哈，真好玩！”小龙女蓝琦看着黑蜘蛛摔得狼狈不堪，不由笑逐颜开，清脆的笑声在禁地里回响。

黑蜘蛛们恼羞成怒，“嘶嘶嘶！”它们低声地吼叫着，嘶哑的声音里面充满了愤恨和怒气，接着，所有的黑蜘蛛同时从嘴里吐出了长长的白丝，白丝相互交织着，一下子把五个人都紧紧地裹在了白丝里面，一时间，大家都不能动弹了。

“嘶嘶嘶！”黑蜘蛛的嘴里发出一阵阵低吼，显得十分得意。

“糟糕！我们被困住了，现在该怎么办？”罗西想用蓝星

宝剑斩断这些白丝，无奈宝剑被紧紧缚住了，根本不能动弹。

“不要紧，还有我呢。”蓝琦气定神闲地从银衣上拔下一块银鳞，紧紧握住，顿时，那银鳞绽放出一道明亮无比的光芒。蓝琦将银鳞放在身上不断地摩擦，银鳞变得越来越亮，越来越红，最后，变成了一团红色的火苗。蓝琦将这燃烧的火苗点燃了黑蜘蛛的白丝，“嗞嗞嗞”，白丝立刻被燃着了，火焰沿着白丝迅速地蔓延着，直逼向黑蜘蛛。黑蜘蛛没有料到这一切，吓得纷纷弄断嘴里吐出的白丝，向后退去。

“快跑！别再让黑蜘蛛缠住我们！”罗西挥舞着蓝星宝剑向前冲去。

小龙女蓝琦高举着燃烧的银鳞，银鳞如同一支火把闪耀着：“跟着我，黑蜘蛛不敢靠近银鳞的火焰！”

阿布和桑多斯、娜莎紧跟在罗西和蓝琦的后面，五个人冲出黑蜘蛛的重围，急忙冲向黑色的书屋！

“当”的一声，罗西用剑砍开了黑门外的锁，蓝琦用力一拉，随着一阵隆隆的巨响，大门轰然洞开。

五个人再次惊呆了！

书屋里，阴森的气息直扑而来！大门里面，黑浪翻滚，大厅里那些黑色石柱上的水纹正在源源不断地奔涌而来，巨大的黑色石柱上黑蛇全都蹿动着，阴冷的眼睛直瞪着他们！

“啊！”五个人情不自禁地惊呼一声，没有想到书屋里又恢复了原来的模样。

“天哪！难道我们又得再次和这些怪蛇做斗争？”桑多斯忍不住直发抖，以前可怕的情景他还记忆犹新。

“我们必须冲进大厅，进到魔书城堡里，书精灵皮卡也许需要我们！”罗西的语气斩钉截铁，说完，他就纵身一跃，跃进了汹涌翻腾的黑色浊浪中。

小龙女蓝琦和花精灵公主娜莎也毫不犹豫投身进了黑浪中。

“好吧，好吧，既然已经别无选择，那么我也只有跟着你们走了……”桑多斯无可奈何地纵身投进了黑浪。

只有阿布飞升在黑浪的上空。

“嘶嘶嘶”，黑蛇发出一阵阵嘶哑的声音，它们飞速地游动着，蹿到了五个人的周围，把他们围了起来，发起了进攻。

“轰！”黑蛇的嘴里骤然喷射出熊熊烈焰，一道道火焰直逼向罗西他们！

“快利用‘金缕玉衣’和‘翡翠霞光’，它们可以抵挡火势！”小龙女蓝琦大声说。

罗西急忙伸出手挡在了桑多斯的面前，“金缕玉衣”骤然焕发出万道金光直刺向黑蛇！黑蛇的烈焰一触到金光，立刻就被击成了碎片，化为乌有。

银箭精灵阿布拔出了身后的银箭，瞄准黑蛇的头就开始射击。

“嗖！”银箭呼啸着飞掠过黑浪，一下子击中了一条黑蛇，一股浓血迸射出来，黑蛇勉强地挣扎了几下，就沉入了黑浪中。

其他的黑蛇吓得心惊胆战，一时间不敢再发起攻击。

“好！不错！阿布，不愧是天生的神射手，你再多射几条黑蛇，可千万不能让我们被蛇欺负！”桑多斯眼看黑蛇畏却地向后缩，激动地说。

小龙女蓝琦一甩金鞭，金鞭骤然伸长，蓝琦把金鞭高举，金鞭上的利刺闪着耀眼的金光，“看我的！”蓝琦将金鞭向着蛇群一挥，顿时，金鞭向着蛇群横扫过去，一瞬间，就有几条黑蛇被金鞭重重地击中，黑蛇扭动着，挣扎着，也渐渐地沉入到了黑浪之中。

娜莎把花精灵的银杖挥舞着，靠近她身边的黑蛇一碰到银杖，便发出一声哀号，沉入到黑浪中。

罗西在黑浪中翻腾着，举着蓝星宝剑左右开弓，不断挥斩着那些凶狠的黑蛇。

就这样，阿布在前面开道，罗西和蓝琦在后面进攻，不一会儿，就把那些黑蛇杀得落花流水，四处逃散。

五个人来到了大厅的右边，那道通往魔书城堡的红门紧紧关闭着。

罗西走向红门，正打算念出门上的咒语，把门打开……

“天哪！这是什么？”桑多斯突然发出了一声惊叫。

众人都回过头来注视着他。

“你、你们看，锦、锦袋在这里……”桑多斯结结巴巴地说。

果然，就在红门的旁边，零乱地扔着一些碎片，仔细一看，正是那个失落了的锦袋！

而就在锦袋的碎片的旁边，赫然写着一行黑色的字，闪着幽暗和诡异的光芒：黑魔头未来的仆人……

第四章 罗西的神秘黑暗力量

“锦袋怎么会在这里？”小龙女蓝琦诧异地看着那些碎片，“罗西，你真的不知道它怎么会被扔在这里吗？”

“锦袋一直由我拿着，我没有给过任何人。”罗西也是满脸困惑。

“黑魔头未来的仆人？这到底是什么意思？”罗西看着那几个泛着幽光的黑字陷入迷惘之中。

小龙女蓝琦绕着这行字转了一圈，然后，她若有所思地说：“如果我没有猜错的话，这行字是一个警告的标识，意味着放出邪恶力量的人就是黑魔头未来的仆人，也可以说我们的对手已经出现了……”

“黑魔头未来的仆人究竟是谁？”桑多斯皱着眉头冥思苦想，“天哪！”他突然发出一声惊恐的尖叫，“锦袋……咒语……这一切都只有罗西掌握着，难道……难道……”桑多斯狐疑的眼神直逼向罗西，“难道罗西就是黑魔头未来的仆人？”

“啊！天哪！太不敢想象了！”听到这里，阿布发出了一声尖叫。

“不要大惊小怪，事情的真相还没有查清之前，这样猜疑，只会使我们互相产生误会，现在，我们最重要的是找到书精灵皮卡，也许他知道事情的缘由。”小龙女蓝琦并不慌张，她一边小心翼翼地捡起锦袋的碎片，放在了兜里，一边语气平静地说。

其他人也都赞同蓝琦的想法，大家一齐向魔书城堡的红门拥去。

红门高大而威严，森然挺立着，上面刻着一些奇形怪状的金色字符，这些字符是打开红门的通行证。罗西大声地念起了红门上金色的字符，这些金字符是斯诺文字，他感觉到脑海里一些奇特的字符正在蹿动着，树精王国奥多爷爷传授的那些绿色的智慧光点开始跳跃起来，围绕着金字符不停地飞舞，他立刻懂得了这些文字。“通向我心中的不是权力和欲望……不是仇恨和贪婪……只有爱和勇敢……才能获得真正的智慧和快乐……”罗西读着这些金字符，心里升腾起一片疑云：为什么，梦境中那些黑色的字符和这些金字符如此相似？难道这其中有什么秘密？

只见那些金色的字符从红门上飘浮起来，汇聚在一起，渐渐幻化成为一把闪耀着灿烂光芒的金钥匙，金钥匙飘荡到红门前，插进了锁眼里，随着“咔哒”一声清脆的响声，红门突然隆隆巨响着，缓缓打开了。

“快走！情况很紧急！”罗西一挥手，握着蓝星宝剑挺身冲进了红门。

让他们更加惊讶的是，红门里一片狼藉，红门里那条长长的通道中，乱七八糟地堆放着污黑的浊泥，原来地面上铺着的奇形怪状的石子，全都不见了；两边墙壁上高高安插着的火把都熄灭了，通道里黑漆漆的，显得阴冷而诡秘。

“我们必须小心一点。”罗西一边往前走，一边叮嘱桑多斯和阿布。

通道里一片寂静，仿佛没有任何生命的迹象。

“咚咚咚”，只有罗西他们的脚步声在空寂中回荡。

他们走过通道，地里没有再出现会抓住人的手，还是一片死寂。

接着再往前走，是一个圆形的隧道，他们刚来到隧道口，里面突然迸射出一股强大的力量，把他们吸了进去。他们不由自主地随着那圆形的滑道飞速地向前滑去……

一会儿是飞速地下降，一会儿是骤然地上升，一会儿是疯狂地旋转，一会儿是左右地摇摆，不知道过了多久，他们被猛然抛了起来，从隧道口像箭一样射了出来。

呈现在他们眼前的是一个巨大的大厅，大厅里，站着很多手拿刀剑的塑像，穿黑色衣服的是男武士，手执大刀；身着白色长裙的是一些美丽的女子，手里拿着长剑。然而，非常可怕的是，那些塑像看起来都破烂不堪，有的断了手，有的伤了脚，有的长剑和刀扔在了地上，仿佛刚刚经历过一场激烈的生死搏斗。

“宝石？那块巨大的紫宝石呢？”桑多斯想起上次来时，他曾经取下来的那颗硕大无朋的紫宝石。他向着大厅中的高台看上去，不由震惊地尖叫起来：“天哪！这么宝贵的宝石竟然被人毁坏了！究竟是谁干的？我一定要找他算账，那可是我早就看中的宝物！”

众人往高台上一看，果然，那颗光彩夺目的紫宝石已经碎裂了，再也闪耀不出那无与伦比的灿烂光芒！

大家都被眼前的情景震撼了：这里究竟发生了什么事？

“走！快去看皮卡！也许他遇到了什么灾难！”看到这些情景，罗西只觉得心里一紧，他担心书精灵皮卡遭遇到了什么不幸，他握紧蓝星宝剑就向着大厅尽头的石门冲去——那里面就是魔书城堡。

其他人也紧跟在后面冲了进去。

“轰隆隆！”石门霍然洞开。

所有人都惊呆了，因为魔书城堡里已被毁坏得面目全非！

原来魔书城堡里挤满了又高又大的书柜，书柜上陈列着各式各样的书本：有硕大无朋、高得从地面一直延伸到天花板的巨书，有小得只有指甲盖大小的书，羊皮纸的、木头的、竹片的、树叶的、花瓣的、金制的、银制的、铁制的……书的外形也各式各样：长方形的、正方形的、圆形的、三角形的、椭圆形的，甚至还有人形的书……魔书城堡书库里的书琳琅满目，让人眼花缭乱，上一次看到的时候，他们就都震惊不已，并且被深深吸引住了。

可是现在，他们看到的是一幅怎样残败不堪的景象啊！

书库里遍地是残迹和零乱的被撕毁的书，一个巨大的红木的圆形书柜就横倒在他们面前，拦住了他们的路。他们很惊讶地发现，这个书柜上被砸了无数个又深又大的洞，书柜上的书更是被撕扯得七零八落！

“怎么会这样？”罗西惊异地瞪大了眼睛。

“也许皮卡能告诉我们究竟发生了什么事……”小龙女蓝琦四处张望着，希望能找到皮卡的踪影。

整个书库里有一股黑色的烟雾笼罩着，显得颓废而阴郁……

“皮卡！皮卡！你在哪里？”罗西大声地叫喊着书精灵。

他们把挡在面前的红木书柜移开，发现里面更是零乱不堪，常会有一堆一堆黑色的灰烬堆积着，看样子是有人把书本堆在一起放火烧了，而那些本来做工精细别致的书柜上留着刀砍斧削的痕迹，看上去伤痕累累，残败而破烂……

“皮卡！皮卡！”小龙女蓝琦也在四处寻找皮卡。

然而，书库里一片沉寂，听不到任何回应，只有他们的叫声在空旷的书库里回荡。

罗西向放着魔书的地方看去，书库正中的那个水晶小书柜被砸得破破烂烂，原来紧锁着的银锁已经被砸开了，可是，里面却空无一物——那本魔书失踪了！

五个人都紧张地瞪着水晶小书柜，一句话都说不出来：魔书失踪了，这意味着将会有更可怕的事情要发生！

“到底发生什么事了？”桑多斯忍不住尖声嚷嚷起来。

“有什么事我能帮助你们吗？”一个小小的声音从他们的脚下传来。

大家循声看去，看到了一只瘦小的小白鼠从一个洞里钻了出来。

“里洛！”罗西惊喜地叫了起来，他连忙伏身用手掌捧起了小白鼠。

原来，罗西曾经救过这只小白鼠，后来，当他们在祭神鸟国遇到危难的时候，小白鼠里洛带着一大群小老鼠为他们打地洞，帮助他们逃了出来，没想到在这里又遇到了它。

“里洛，你知道皮卡和魔书城堡发生了什么事吗？”小龙女蓝琦伸出手，从罗西的手里接过了小白鼠里洛。

“魔书城堡发生了什么事情，我不知道。我只知道书精灵皮卡神秘地失踪了！不过，他曾经留下了一张信纸，被我们捡到了，所以，我就把信纸藏好了，等你们来，好交给你们。”里洛神情有点紧张地说。

里洛拿出了一张陈旧泛黄的羊皮纸，上面有着斑斑点点的印迹，甚至于还有火星的烙印，上面用斯诺文字弯弯曲曲地写着几行字，罗西轻声地念了出来：“孩子们，黑暗的力量又开始蔓延，他们在复兴……为了保护住魔书，不让邪恶的力量得到它，我必须先离开……罗西，当心你身上的神秘黑暗力量，危险会袭来，这里有阴谋……孩子，来不及了，我只能先说这些……”

字写得十分凌乱，看得出来是匆匆忙忙写下来的，而且，因为情况的危急，信纸的内容没有写完就仓促地结束了。

“‘罗西，当心你身上的神秘黑暗力量，危险会袭来，这里有阴谋……’这句话是什么意思？”小龙女蓝琦一听完信纸的内容，十分诧异地瞪大了眼睛。

“是啊，我也正在纳闷呢，为什么要当心罗西身上的神秘黑暗力量？罗西的身上怎么会有神秘的黑暗力量？”桑多斯早就忍不住嘟嘟囔囔起来。

“这封信纸是我们在一堆被烧毁的书前发现的。那时候，书精灵皮卡已经失踪了，我就把信纸藏好了，等你们来。”里洛说。

“太谢谢你了，里洛，在最关键的时候，你总是我们的朋友。”罗西感激地说。

里洛不好意思地摇晃着脑袋：“不，这一切都是应该的，我得先走了……”

里洛说完转身离开了。

“皮卡现在究竟在哪里？”罗西很担忧地说。

“是啊，那只大虫子，我现在也挺为他担心的……”银箭精灵阿布虽然很害怕虫子，可是想到书精灵皮卡行踪不明，也十分担心。

小龙女蓝琦也不说话，她沿着水晶柜转了一个圈，仔细地观察着留下的痕迹，“你们看，这是什么？”她突然失声惊呼起来。

大家一起跑到她的面前，只见她指着地上一小片蓝色的羽毛说："这不正是皮卡的蓝色羽毛笔上掉下来的吗？"说着，小心翼翼地捡起了那一小片蓝色的羽毛。

那片蓝色的羽毛上面有着斑斑点点的红色血迹，血迹已经干了，显得很阴郁。

"天哪！皮卡一定是遇到大灾难了！"桑多斯又忍不住尖叫起来，"不行，这地方不能再待下去了！我们得赶快离开这里！"

"闭嘴！桑多斯，不要大惊小怪的！如果皮卡遇到了灾难，我们更不能轻易离开这里，一定要找到线索，想办法把他救出来！"小龙女蓝琦说。

"那我们大家赶快搜寻线索吧，不能再耽误了。"花精灵公主娜莎急切地说。

五个人在这间遍布残迹的屋子里寻找起来……

"你们快来看！这里有一个奇怪的面具！"桑多斯在一个被砸成两半的书柜后面大声喊道。

其他人急忙拥到了那里。

书柜的一个碎片压住了什么东西，桑多斯紧张地缩在一边不敢去碰。

小龙女蓝琦飞身过去，掀起了碎片，果然，一个幽蓝幽蓝的面具静静地躺在地上，散发着一阵阴郁而神秘的光芒……

"这东西是什么啊？"桑多斯战战兢兢地问。

罗西看着这个面具，突然想起了自己的那个奇怪的梦境，梦境中同样有一个戴着面具的面具人！

小龙女蓝琦略一沉思，轻声说："如果我没有猜错的话，这个面具一定是魔书城堡里的入侵者不小心留下的！"说着，小龙女从身上拿出一块银鳞，银鳞散发着美丽而柔和的银光，小龙女把银鳞凑近了地上的面具，他们惊讶地发现那个面具竟然对着罗西泛起一个奇怪的笑容！

"救命呀！不得了了，连个面具都会笑，太古怪了！"桑多斯尖叫着，飞快地逃离开。

罗西看着面具，心里有一种奇特的感觉，他觉得这个面具和他似乎有着某种共同的东西，但是，他又一时间弄不清楚这东西是什么，他不由愣愣地站在一边，发起呆来。

小龙女却并不害怕，她伸出手，一把抓起了面具，银鳞的光直逼向面具，面具脸上那个奇怪的笑容消失了，看起来仿佛陷入了沉睡中。

“我们把这个面具带回去，也许，能找到什么线索。”小龙女把面具别在了自己的腰间，又继续开始搜寻。

然而，除了残破的书柜和烧毁的书本，他们都没有再找到其他的线索。

“禁地里发生的事情真的很蹊跷，黑暗力量的重新回归，魔书城堡的毁坏，书精灵皮卡的失踪……这一切，一定都是有原因的，我们必须想办法查清楚。”小龙女蓝琦看着一地残迹，若有所思地说。

“但是，现在情况一时间也无法查清，我们还是得先回村庄，再好好商量下一步该怎么办。”花精灵公主娜莎沉吟了一会儿说。

大家都同意了娜莎的建议，五个人又准备离开禁地。

“虽、虽然，我不、不喜欢待在这间破烂的书库里，可是，想到外面的黑蛇和黑蜘蛛，我真不敢走出去了……”桑多斯结结巴巴地说。

“还是让我来吧，让花精灵的银杖保护着我们……”花精灵公主娜莎拿出了那根美丽的花精灵银杖。

“都斯卡那，牙多摩尔……” 娜莎将银杖向空中一挥，嘴里念出了几句咒语。

“哗！”骤然间，一道道明亮耀眼的银光从花精灵的银杖里迸射出来，那银光不断飞旋着，迸溅出无数晶莹剔透的星星，星星闪烁着灿烂的光芒，连缀成了一个巨大的圆环，把罗西他们包围在圆环中，接着，一道道荧光闪烁着划过，形成了一个美丽透明的屏障，将罗西他们保护了起来。

所有人在银杖灵光的环绕中，走出书库，向外面走去。

果然，黑蛇和黑蜘蛛见到花精灵银杖夺目的光芒，都瑟缩着，不敢再向他们进攻了。

当他们走到那些如巨蟒一样喘息着的荆棘旁时，那些荆棘蹿动着，还企图划破银杖灵光形成的屏障……

“哗哗哗！”花精灵银杖的银光迸射而出，化为一把把锋利的银剑，向着荆棘刺去！

“啊——”荆棘发出一阵阵凄厉的尖叫，马上收缩着，退开了，让出了一条路。而那些黑蜘蛛追赶到后面，却始终不敢靠近他们。

“快跑！”罗西大声叫道。

五个人立刻飞奔而出，逃离开了禁地。

禁地外，阳光明媚，而禁地那边，仍然是陡然投射下来的硕大的黑影，阴森而恐怖。

“好不容易才从禁地里逃出来，大家都很疲惫了，我们还是先回村庄再说吧。”罗西提议说。

“好吧。”小龙女抬头看了看大家，每个人的脸上都还余悸未消。特别是桑多斯和阿布，惊恐地瞪着眼睛，一直在喘着粗气。

五个人一直往村庄赶去。

“神秘书屋”到了。

小龙女蓝琦和娜莎走到前面，书屋前的绿篱自然地让出了一条窄窄的小路，两个人走了进去。罗西紧跟在她们后面，也迈步向书屋走去……

可是，只见绿篱的枝条突然“嗖嗖嗖”地伸展着，绿篱“哗”地一下骤然伸长，成为一堵高高的墙，挡在了罗西的面前！而且，枝条不断地抽动着，向罗西甩去，罗西被绿篱一下子逼得不断地倒退！

“罗西，怎么回事？”小龙女在绿篱里面高声问道。

“我也不知道发生了什么事。绿篱竟然不让我进入神秘书屋！”罗西惊异地大声回答。

“让我来！”小龙女说着，从里面把金鞭一甩，金鞭一抽到绿篱上，绿篱立刻收缩着回复了原来的样子。

罗西和桑多斯、阿布纳闷地走进了绿篱。

“波比！”罗西突然发出一声高兴的叫声，向着一条小狗奔去——这是西莫多爷爷家的一只小狗，名叫波比，平常和罗西非常好。

“汪汪汪！”小狗波比发出一阵狂吠，瞪大眼睛，眼神里充满了惊慌和恐惧，它不停地倒退着，仿佛遇到了什么可怕的东西，眼看罗西要碰到它了，波比“汪”的一声狂叫，转过头来，向着绿篱外的小路狂奔而去。

罗西惊讶地呆立在原地：究竟发生了什么事？一切都那么诡异和奇怪……

小龙女转过头来，疑惑地盯着罗西看，若有所思地问：“罗西，你从禁地里带了什么东西来吗？”

“没有啊。”罗西更加奇怪。

小龙女略一沉思，说：“大家都累了，先回去休息吧，明天我们再商量。”

一行人向着书屋的大门走去，那里，鹦鹉虎皮儿正看着门。

“虎皮儿！开门！”罗西敲了敲门，高声喊道。

“吱呀！”一声，门打开了，虎皮儿激动地一头撞了出来，它正好撞在了罗西的身上，顿时，“叽叽！”虎皮儿发出一阵尖叫，慌乱地转身就重新钻进了书屋里。

“虎皮儿，怎么回事？”罗西很诧异，要知道平时虎皮儿对他都很亲热。

虎皮儿眼看罗西走了过来，尖叫着拍打着翅膀飞出了书屋！

所有人都愣住了，究竟发生了什么事呢？难道书屋里发生了什么奇怪的事？

大家急忙在书屋里搜索，却发现什么事都没有发生。

“孩子们，我回来了！”就在这时候，一个洪亮的声音传了进来，是西莫多爷爷。

西莫多爷爷看起来满脸疲惫，他踏着坚定的脚步走进了神秘书屋。

“西莫多爷爷！”几个人急切地奔跑到西莫多爷爷面前，当他们看到西莫多爷爷脸色苍白的时候，都十分担心地问道：“西莫多爷爷，您没有什么事吧！”

“我很好……我现在担心的是，在我没有在的时候，你们又去了一个不该去的地方……”西莫多爷爷的眼睛似乎能洞悉一

切。

“是的，我们的确去了禁地，因为在那里，邪恶的黑暗力量又重现了！”小龙女蓝琦回答说。

“孩子们，这件事情终究会查清楚的，但是，你们知道吗？你们这一次去禁地很危险，如果遇到什么灾难，你们无法解决的话，那么损失将是惨重的……”西莫多爷爷神色凝重地说。

“可是……”小龙女蓝琦还想争辩。

“不要说了，你们一定很累了，还是先回屋休息吧。”西莫多爷爷看起来忧心忡忡。

“老主人，这几天您到哪里去了？我们都很担心……”桑多斯急切地问道。

西莫多爷爷转过头来凝视着桑多斯，沉吟了一会儿说：“目前，我的行踪无法告诉你们，等到时机成熟的那天，你们会知道的。”说完，西莫多爷爷坐在客厅的书形椅子上，沉沉睡去了。

第二天，阳光明媚，罗西、小龙女、娜莎、桑多斯和阿布早早就起床了。

但是，他们发现西莫多爷爷比他们起得更早，当他们来到客厅的时候，西莫多爷爷已经穿着一身整洁的白袍等着他们了。

经过一天的休息，西莫多爷爷看起来精神很好，但是，只要仔细一看，就会发现，他的眉头仍然紧锁着，似乎心事重重。

“孩子们，太好了，今天我有些事情需要你们去办。我正打算去叫醒你们，没想到你们已经起来了……”西莫多爷爷的眼睛里漾起了笑意，看起来慈祥而和蔼，可是，仍然不能掩盖住他眼里的担忧。

“什么事？西莫多爷爷？”罗西小心翼翼地问。

“我希望你们今天先去找护林人柯里，陪他在森林里转一圈，看看有什么异常；再到画师达西的家里，帮我要一幅画像；最后，到基妮奶奶家，为我带来一枝银铃花。”西莫多爷爷慈爱地说。

“好的，我们一定会办好的。我先回房间去拿点东西。”罗西听到西莫多爷爷吩咐他做事情，十分高兴。

其他人也要去收拾东西。就在小龙女蓝琦转身也要离开的时候，她看到西莫多爷爷悄悄对她做了一个手势，示意她留下来。

“你们先去收拾东西吧，我在客厅里等你们。”小龙女蓝琦灵机一动，立刻说。

当所有人都离开的时候，小龙女蓝琦看到西莫多爷爷的神情很沉重。

小龙女蓝琦问：“西莫多爷爷，有什么事吗？”

“蓝琦，我有一件事要托付你，你必须小心仔细地办好。我今天让你们办事情时，你必须认真地观察当时的情境怎样，罗西的反应是什么，回来再告诉我。不要遗漏任何事情和细节。”西莫多爷爷的语气很严肃。

“什么？您这是让我监视罗西吗？”小龙女蓝琦也忍不住惊讶地叫起来。

“孩子，你先不要那么吃惊。一切都事出有因，我有一些疑虑，暂时还不能告诉你，但是我需要证实一些事情，所以，你只要照我说的去做就行了。罗西是我收养的孩子，我很爱他，不希望他遇到任何不测，你要相信我的真诚。”西莫多爷爷的语气很诚恳。

“罗西，当心你身上的神秘黑暗力量，危险会袭来，这里有阴谋……”小龙女蓝琦不由喃喃地自语起来。

“蓝琦，你在说什么？”西莫多爷爷警惕地问道。

“我们在禁地里，小白鼠拿来了书精灵皮卡留下来的羊皮纸，皮卡在上面写着这样一句话，其中，提到了罗西身上的神秘黑暗力量，当时，我就觉得事情很蹊跷……”小龙女蓝琦陷入了沉思。

“罗西身上的神秘黑暗力量……”西莫多爷爷沉吟着，眉头深锁起来。

“是的。”

“那么看来一切不是空穴来风了……知道吗？蓝琦，罗西出身于一个传说中会给村庄带来灾难的家族……所以，我需要你的帮助，让我能解决好这件事情……”西莫多爷爷语重心长地说。

“我知道，我答应您一定会做好我该做的事。”小龙女蓝琦郑重地点了点头。

第五章 恐慌的村庄

村庄的小路上，罗西、小龙女、娜莎、桑多斯和阿布急匆匆地走着。

“我们必须走快一点，护林人柯里一大早就要赶去森林里巡查，如果我们去晚了，他可能已经先走了。”罗西一边急急地往前赶，一边对其他人说。

“不要着急！看，我们已经快到了。”花精灵公主娜莎指着不远处说。

在他们的前方，伫立着一幢翠绿色的书屋，书屋上用烫金字写着“森林大全”四个字，书屋的墙上，各种小鹿、飞鸟、雄鹰、兔子等动物在上面活蹦乱跳……

“太好了，柯里家终于到了，希望我们不要误了事。”罗西说着，就准备去敲柯里家的门。

然而，让人惊讶的是，罗西刚刚走到柯里的门前，柯里书屋墙上的小动物们突然惊恐不安地蹿跃起来：一只小鹿骤然瞪大了眼睛，眼神里充满了恐惧，发出一声尖叫后，就仓皇地钻到了林子里！墙上的其他小动物也尖叫着四处逃窜，不一会儿，森林大全书屋的墙上就只剩下了茂密的树林……

“出什么事了？出什么事了？”书屋的大门打开了一条缝，钻出了一个脑袋。是一个秃头的中年男子，他就是护林人柯里。柯里又矮又胖，身上总是裹着厚厚实实的衣服，看起来有些凶狠。他的眼睛滴溜溜地转着，一眼看到了书屋墙上那些小动物都钻得不知去向，只剩下了一棵棵耸立着的大树，他立刻就恼怒地尖叫起来：“是谁？你们中间是谁吓唬走了我的宝贝？”

“对不起，柯里叔叔，我们一来敲门，这些小动物就跑走了……”罗西连忙解释说。

“啊，原来是你们吓跑了我的宝贝。小子们，告诉你们，别想动我柯里的任何东西，这是一个规矩，如果你们胆敢来尝试，我会让你们吃苦头的。”柯里凶巴巴地瞪大了他的小眼睛，“快说，你们找我有什么事情？”

“西莫多爷爷让我们陪你一起去巡查森林。”小龙女看到柯里凶恶的样子，并不害怕，朗声回答。

“哦，是这样，你们的意思是今天都得跟着我走？”柯里反问道。

“是的。”几个人齐声答道。

“好吧。但是我可不要不干活的人，你们必须帮我拿东西。”柯里说着“哗”地一下拉开了大门，伸出他肥胖的手，把几个人都拉了进去，门“噌”的一声又在他们身后关了起来。

大门里面是柯里的客厅，可是屋子里乱七八糟地堆着各种东西：有破烂的靴子，缺了一个角的桌子，断了一条腿的椅子，快要断的绳索，沾满了油迹的剩菜盘子，还有拖着黏液爬来爬去的虫子……

大家看得一阵恶心，真希望能马上离开这间书屋。

“好吧，孩子们，你们说要让我带你们巡查森林，你们给我什么好处呢？”柯里的脸上泛着油光，看起来贪婪而丑陋。

大家都愣住了，桑多斯嘟嘟囔囔地说：“好处？是不是需要金币？要知道，那些东西可是我的命根子，我可舍不得拿我的金币给别人。”

柯里板着脸，很不高兴地说：“如果拿不出好处，就别待在我这里……”

小龙女眉头一皱，正想发怒，但是转瞬之间，她的脸上就绽开了笑容：“柯里叔叔，我听说这几天森林里怪兽出没，专门袭击独行的人，我想，也许太危险了，不适合我们去，要不然，我们还是等过一段时间再跟你去森林里巡查吧……”

罗西和阿布纳闷地叫了起来："我怎么没有……"

还不等他们说完，就看到小龙女蓝琦朝着他们眨了眨眼睛，示意他们不要再说下去，两个人只好闭上了嘴，不知道小龙女葫芦里究竟卖什么药。

桑多斯马上就明白了小龙女的意图，立刻尖叫起来："哦，天哪，真的是有怪兽，我可不想拿我的老命去开玩笑！"

"什、什么？森林里有怪兽出没？我、我怎么不知道？"胆小的柯里结结巴巴地问。

"算了，不要说那么多了，我们还是先走吧。"小龙女说完，站起身来就要往门外走。

"别、别走，我现在很乐意邀请你们一起到森林里巡查……"柯里被怪兽之说吓得胆战心惊。

"那么，你要的好处……"桑多斯一想到金币不用拿出来，就暗自窃喜。

"嘿嘿，"柯里不自然地干笑了几声，说："大家都是一个村庄里的人，没有必要了。"

罗西这才反应过来，小龙女蓝琦为什么莫名其妙地提起了怪兽。

在柯里的带领下，一行人开始了森林的巡查。他们走出了书虫儿村庄，沿着旁边的小河来到了加那亚瀑布。

加那亚瀑布在离书虫儿村庄不远的一个山谷里，罗西把这里称为"快乐山谷"，因为每当他遇到不开心的事情，他就会来到这里，感受着清风徐徐，看着瀑布飞流直下，呼吸着山谷里清新的空气，心情就会愉快起来。但是，罗西也仍然清晰地记得，正是在加那亚瀑布里，他捡到了锁有黑魔头邪恶力量的骷髅圆石，并且进入禁地，放出了黑魔头。

所以，每次到这里，他的心情都是既欣喜，又充满痛苦。

"哗哗！"水声远远传来，清风拂面，让人感到无比的清凉。

只见一道银色的水帘飞流直下，溅碎成为千万颗美丽无比的珍珠，直注入到了下面的碧潭中。碧潭中的水清澈澄明，犹如一面明镜，在阳光下，反射着银色的光辉。

“啊，太好了，快乐山谷！”阿布高兴地飞到了碧潭边，站在水边想逗小鱼儿玩。

几尾金红色的鱼游到了阿布的面前，不断地吐出水泡。阿布情不自禁伸出手和小鱼嬉戏起来。他使劲地伸手去捉那几条顽皮的小鱼，小鱼故意逗引着他，游得时远时近，却始终不让阿布捉到。

阿布不甘心，猛然向前扑去，这时，他的脚踩空了，一下子落到了水里，阿布不会游泳，只好挣扎着直叫：“救命！救命呀！”

罗西飞身向碧潭跑去，看到阿布处境危险，他顾不得多想，一头扎到了碧潭中，向阿布游去……

然而，不同寻常的事情发生了，水面的平静被打破了，碧潭的水突然开始了激烈的摇晃，紧接着，只看到从罗西的身上弥漫出一些黑色的液体，扩散得越来越大；渐渐地，潭水的颜色开始变化了，由碧绿变成墨绿，黑绿，最后完全成了一片乌黑。

碧潭乌黑的水旋转着，出现了一个巨大的漩涡，眼看就要吞没阿布了。

小龙女蓝琦大惊，她飞身跃到碧潭边，不知道何时，一根金鞭已陡然飞出，直袭向潭水中的阿布，金鞭骤然伸长，卷住了阿布，小龙女喝道：“起！”金鞭卷着阿布一甩，飞出了碧潭的水面！

而此时此刻，碧潭里的罗西在漩涡里飞旋，从他的身上弥漫出越来越多的黑色液体……

罗西在潭水中感到一阵阵的寒意袭来，他亲眼看到从自己的身上、手上、脚上不断地弥散出黑色的液体，他的心里充满了惊讶，不知道究竟发生了什么事。然后，他感觉到碧潭里这些黑色的液体是那么亲切，那么自然，仿佛和他是一体的，当他产生这种念头的时候，他感觉到潭水的底部有一股强大的力量在吸引着他，使他想向着潭水的更深处沉落下去……

“不好了！不好了！罗西正在向碧潭深处沉没！”桑多斯看得惊心动魄，不由尖叫起来。

小龙女蓝琦刚刚救起了阿布，听到桑多斯的呼救，不由大吃一惊，她向碧潭望去：果然！罗西正在漩涡里飞旋，越来越深地向水中沉没！

不容半点迟疑，小龙女蓝琦的金鞭已“嗖”的一声飞出，直袭向碧潭中的罗西，金鞭绕了一个圈，卷住了罗西的腰，小龙女陡然一收鞭，金鞭席卷着罗西飞到了岸边！

这时候，碧潭的水又在慢慢地开始变颜色了，由乌黑变成了黑绿、墨绿，渐渐地又成为了碧绿色……

“罗西，究竟发生了什么事？为什么你一进入碧潭，潭水就会变成一片乌黑？你知道吗？刚才你还差点被潭水吞没了！”小龙女蓝琦惊异地问。

“我也不知道，我只想不断地往下沉，往下沉，我感觉到那里仿佛是我熟悉的地方……”罗西的眼中透露出了茫然。

一直在旁边吓得战战兢兢的柯里这时才站出来：“天哪！这可不是一个愉快的日子。我真没有勇气再继续森林的巡查了……”

罗西挣扎着站起来说：“柯里叔叔，我没有什么事，我们还是继续在森林里巡查吧。”

小龙女想起西莫多爷爷所说的话，心情也不由得有些沉重，她暗自疑惑：罗西的身上究竟发生了什么奇怪的事情？

尽管柯里经过刚才的一幕，让他吓得魂飞魄散，但是因为大家一致要求继续森林的巡查，他也只好答应下来。

一行人在森林里行进着。

在他们的前方，不远处的地方，一群小野兔正在追逐嬉戏。阳光透过树木洒下了斑斑点点的光斑，森林里是那么静谧美好，大家都仿佛忘记了刚才发生的一切……

然而，一只小野兔跑着跑着，突然跑到了众人的面前，当它一蹿到罗西的影子里时，小野兔发出一声惊恐的尖叫，转过身飞快地就逃离了，不远处的那群小野兔也惊慌地尖叫着，匆匆逃离了。

大家疑惑的眼神都紧盯着罗西的影子，不知道这个影子里究竟藏匿着什么东西，让小野兔如此害怕。

他们再继续往前走，又遇到了许多小动物，本来它们都在森林里自由自在地奔跑戏耍，可是，一旦看到了罗西，就会拼命地奔逃。

更让众人惊讶的是，森林里那些代表邪恶力量的东西却并不害怕罗西，相反，它们似乎很乐意和罗西接近：那些吸血蝙蝠围绕着罗西飞翔，蟾蜍匍匐在他的脚边不断地亲吻着他的鞋子，成群的乌鸦“嘎嘎嘎”尖叫着在他面前唱着难听的歌，而野狼顺从地跟随着他……

小龙女蓝琦心里的疑惑更深了……

到了中午，森林巡查结束了，被这一天各种奇怪的事情折腾得精疲力竭的柯里看起来狼狈不堪，他匆匆忙忙地就逃离了罗西他们，临走嘴里还不停地嘟囔：“今天真是倒霉的一天！我可不想再这样巡查森林了！我也不愿和这些奇怪的小孩打交道了！”

“我们现在该到画师达西的家里了。”小龙女蓝琦带着大家向达西的家里走去。

他们在一幢写着“画宅”的书屋前停了下来，这幢书屋的外面全都涂满了各种缤纷的色彩，红色、黄色、蓝色、绿色、金色、紫色……在灿烂的阳光下闪耀着美丽的光芒。这就是画师达西的书屋。

罗西走上前去按响了门铃。

“有人来访！有人来访！”一只鹦鹉的声音响了起来。

门“吱呀”一声打开了，一个身材瘦小的老年男子闪了出来，这个老年男子戴着一副镜片非常厚的眼镜，镜片后面是一双小眼睛，他的头上顶着乱蓬蓬的头发，穿着一套破破烂烂的长袍子，长袍上沾着各种颜色的油彩，看上去十分邋遢。尽管这样，这个老年男子脸上却堆着笑，显得很和善。

“孩子们，你们找我吗？”达西的小眼睛笑得弯成了月牙儿，他态度和蔼地问。

“达西伯伯，您好！西莫多爷爷让我们来看望您，再顺便向您要一幅画。”小龙女蓝琦走上前说。

“啊哈，孩子们，你们来得正是时候，我这一段时间创作了很多画作，正想请人来观赏，既然你们来了，就和我一起来看看我的作品吧。”达西从门前闪开，让出了一条缝，让罗西他们进

去。

“太可怕了！黑暗力量！快赶走！”罗西他们刚走进达西的书屋，达西家的鹦鹉就尖声叫了起来，并且不安地蹿动着，仿佛想要逃跑，但是却被链子拴住了脚，不能动弹。

“哦，绿嘴儿，你的态度可不太友好啊，他们是我的客人，你最好闭上嘴，不要再在那里乱嚷嚷。”达西走过去拍了拍鹦鹉的头，语气平和地说。

小龙女蓝琦听到这种叫声，不由得向罗西看去，但是，罗西的神情也很茫然……

“孩子们，我带你们到我的画室里去参观吧。”达西说着，就向着客厅左边走去。

客厅的左边是一个摇摇晃晃的木楼梯，人一走上去，就会发出“咯吱咯吱”的响声，木楼梯上积了很多灰，看样子很久没有人打扫了。脚一踏上去，灰尘就飞扬而起，呛得人直咳嗽。

“哎呀，这房子怎么会有那么多灰呀？肯定很长时间没有人清扫过。把我的银靴子都弄脏了，我这双靴子可是很昂贵的……”桑多斯一边嘀嘀咕咕地抱怨着，一边踮起脚尖小心翼翼地走着，生怕弄脏了他的袍子和靴子。

木楼梯下面就是一间十分宽敞的大厅，大厅的四周全都挂满了画，这些画都是达西多年来的作品，他都把它们陈列在了大厅里。

大厅里很暗，小龙女蓝琦拿出了一块银鳞，轻轻地擦了擦，银鳞散发出明亮柔和的银色光芒，把大厅照耀得一片光明。

一幅幅画得惟妙惟肖的画像呈现在了大家面前：有美丽的少女，有可爱的孩子，有慈祥的老人，有华贵的妇人，有奇怪的女人，还有黑衣人……

大家顺着大厅走着，参观起这些画像。

然而，让他们惊讶的事情发生了！

那些墙上的画像像是受到了什么惊吓似的，开始低声地窃窃私语。

一个穿着硬领黑长袍的老妇人惊恐地瞪大了眼睛，尖声叫了起来：“天哪！我嗅到了黑暗的气息，是谁？他来这里到底要做什么？”

“是的，我也感觉到了，可能灾难就要来临了，我们的好日子不会长久了，画像们，我们都得想想办法，怎么样逃到安全的地方！”一个矮矮胖胖、长着鬈曲的红头发的女人歇斯底里地叫了起来。

“是的，就在这个村庄，有一股黑暗力量正在诞生，我们必须想办法阻止他！我们都是勇敢的骑士，我们不惧怕死亡，我们要和黑暗的力量斗争，勇士们，快拔出你们的剑，向邪恶挑战！”一个穿着铠甲的骑士大声地叫喊起来。

“嘿嘿！我喜欢，我闻到了黑暗的味道，腐败，阴森，吞没一切的力量，我们黑衣人最喜爱的主人，我要向他致敬……”一个穿着一身黑衣、看起来阴郁恐怖的奇怪男子向着罗西鞠了一个躬。

……

大家全都惊呆了！

“哦！我的天哪！太不礼貌了，所有的画像，为什么都要说这几个孩子是黑暗力量？你们真是丢了我的脸，我达西虽然穷，却一向很好客，你们难道想赶走我的客人吗？”达西看起来很愤怒。

“亲爱的主人，真的有黑暗的力量来到了我们的身边，我们只好躲藏起来了……”一个穿着白纱裙的美丽少女尖叫着隐身在了画布后面，画像上立刻变成了一片空白。

紧接着，其他画像也匆匆忙忙地隐匿起来。许多幅画像都成为了一片空白，只剩下那张黑衣人的画像。

画像里的黑衣人不断地朝着罗西敬礼，嘴里还絮絮叨叨地说：“我崇拜世间一切强有力的黑暗力量，如果你愿意，可以成为我的主人……”

罗西听了这些话，感到莫名其妙，他厌恶地对黑衣人说：“我不会成为你的主人的，我讨厌一切黑暗势力……”

“我的天哪！究竟发生了什么事？为什么事情会这么奇怪？要知道画像们纷纷逃跑，这可是从来没有发生过的事啊！”达西狐疑地瞪着罗西他们。

小龙女蓝琦觉得再待下去可能会有不利的情况发生，急忙说："达西伯伯，谢谢您的盛情款待，我们还得去一下基妮奶奶家，我们就先告辞了。画像全都逃跑了，只有这幅黑衣人的画像还在，西莫多爷爷叮嘱我们向您要一幅画像，如果您不介意的话，就把这幅画像给我们好吗？"小龙女觉得也许能从这幅画像嘴里得到什么线索，就对达西说。

"好吧。我非常抱歉，所有的画像都逃跑了，也只能送你们这一张了。"达西把黑衣人的画像卷起来，包好，递到了小龙女的手里。

小龙女急忙带着所有人离开了达西家。

"我们现在得到基妮奶奶家里去了。"花精灵公主娜莎有些激动地说。因为她以前一直待在基妮奶奶家，得到了基妮奶奶很好的照顾，因此，她十分喜爱基妮奶奶。

看着时间不早了，五个人匆忙地赶到了基妮奶奶家。

在书虫儿村庄，基妮奶奶的家可是一个神奇的地方，因为她的奇幻花园种满了各种各样的奇花异草：芬芳的玫瑰，优雅的紫罗兰，素淡的水仙，神秘的黑郁金香……还有一碰到它就会发出尖叫的娃娃草，会在风里唱歌的银铃花，一见到小男孩就会害羞地钻到土里的女儿红，一听到音乐就会忍不住扭动个不停的跳舞草……最奇特的是，这些花草里住着一些花精灵，花精灵公主娜莎原来就住在这里。

"孩子们，你们来了！我实在太高兴了，如果你们不介意的话，可以帮我浇浇水吗？要知道，我这些花儿正渴着呢！"基妮奶奶一看到罗西、娜莎和小龙女就激动地说。

"基妮奶奶，让我来吧。"罗西拿过来了水桶，装了水，就去浇花。

然而，再一次发生了让大家都惊讶的事情！

罗西刚走到娃娃草的面前，娃娃草就发出一阵尖厉的叫声："不要来碰我！黑暗的东西……"

罗西愣住了，真不知道该怎么办。

那些女儿红还不等罗西走到它们面前，就全都钻到了土里，只留下它们的叫声在回响："我们不需要黑暗力量的照料！不需要……”

而不远处，听到音乐才会跳舞的跳舞草一个劲地打哆嗦，它们抖动得非常厉害，看起来受到的惊吓不小。

花精灵公主娜莎看到花儿们这些奇怪的反应，更加震惊，她拿出了花精灵的银杖，轻声地念着咒语：“西多莫斯，可里可拉，达尔卡索……”

顿时，花精灵的银杖绽放出耀眼夺目的光芒，璀璨美丽，那银光飘向了花丛，照耀着那些美丽的花儿，渐渐地，一阵阵美妙动听的音乐若隐若现地出现了，一些美丽的音符从花间飘散出来……

紧接着，一些长着透明翅膀、美丽绝伦的花精灵拿着花杖现身出来了。她们穿着花瓣做成的衣裙，每个人手里拿着一种乐器，轻轻地吹奏着，风儿拂动着，把她们那如波浪起伏的长发吹得飘飘欲飞……

花精灵们看到了娜莎，纷纷向她行礼。

“花精灵们，请告诉我，为什么花儿们会出现这样奇怪的反应。”娜莎悦耳动听的声音就像一首美丽的歌。

为首的一个花精灵再次向娜莎行了一个礼，说：“尊敬的公主，请倾听银铃花的歌唱吧，它们能告诉您事情的原因。”

花精灵们纷纷吹奏起美妙的乐曲，这时，一阵微风吹来，会唱歌的银铃花唱起了歌：

美丽的村庄里隐藏着危险，
晴朗的天空中遮蔽着阴霾，
不知不觉袭来的黑暗啊，
要把善良和正义吞没，
正直而真诚的人们啊，
请不要坠入黑暗的漩涡。
只要你心中有足够的力量，
就一定能重新见到光明。
……

大家听着银铃花的歌声，都不由自主地皱起了眉头：难道，黑暗的力量又要袭来？

第六章 黑魔头未来的仆人

神秘书屋的客厅里，西莫多爷爷正坐在一把书形椅子上等待着罗西他们回来。

“吱呀”一声，门打开了，罗西、小龙女、娜莎、桑多斯、阿布走了进来。

“孩子们，今天的事情你们都办好了吗？”西莫多爷爷慈爱却很严肃地问。

“老主人，我们今天已经陪柯里巡查了森林，要到了达西的一幅画，又从基妮奶奶那里拿到了一枝银铃花。今天遇到的一切可真是奇怪啊……”桑多斯抢先回答道。

西莫多爷爷皱了皱眉头，似乎想说什么，他的嘴唇嚅动了一下，却什么都没有说，他轻轻地挥了挥手说：“你们把东西留下来，都回房间好好休息一下吧，看样子，你们都很累了。”

小龙女蓝琦却看到西莫多爷爷对她微微点了一下头，示意她留下来。

“哦，我还得在客厅里找一样东西，你们先回房间吧。”小龙女蓝琦机灵地说。

其他人都回房间休息了，只有小龙女蓝琦留了下来。

“蓝琦，你跟我来。”西莫多爷爷拿着画像和银铃花，向着客厅的右边走去。那是一个又窄又长的通道，尽头是左右摇晃的木楼梯，通向地下的一片黑暗。

“咯吱咯吱”，走在木楼梯上，他们的脚步声在黑漆漆、空荡荡的地下室里回荡……

他们来到了一间圆形房门的房间前，小龙女蓝琦知道这是藏书室，平常，西莫多爷爷从来不允许别的人进入。

可是，西莫多爷爷却带着她径直向藏书室走去。

西莫多爷爷对着锁眼说了一些奇怪的话语，顿时，圆木门砰地弹开了，一股强大的力量把他们吸了进去，门又砰的一声在他们的身后关了起来。

小龙女蓝琦惊异地发现她再次站在了这间圆形的房间里，上一次，因为黑魔头把整个书虫儿村庄变成了石头城，因此，她和罗西、阿布来到这间房间里的时候，这里是一片狼藉。

可是，现在房间里堆积着各种各样的书籍，房间的四周插放着银制的烛台，烛台上雕刻着精美的花纹，金色的烛火蹿跃着，使藏书室里光明而温暖。

“西莫多爷爷，您带我来这里有什么事吗？”小龙女蓝琦问。

“临出门前我托付你的事，你做到了吗？”西莫多爷爷语气凝重地问。

“的确，事情真的有些奇怪。”小龙女把在加那亚瀑布、达西的画室、基妮奶奶的花园里发生的事情全都详细地讲了一遍。

西莫多爷爷沉默地听着，眉头皱得越来越紧，当小龙女讲到那张黑衣人的画像所说的话时，西莫多爷爷把达西的那幅画像拿了出来，画像上，那个黑衣人正用邪恶的眼光瞪视着他们，看起来不怀好意。

“让我来问问这张画像。”西莫多爷爷把画像挂起来后，走到画像面前，问道，“黑衣人，你为什么要向罗西致敬？”

“啊哈，我们黑衣人只听从黑暗力量的召唤，那个男孩的身上有着邪恶的力量，我乐意做他的仆人，要知道，我被关在达西的画室，并没有多少机会见到具有黑暗力量的人，你们为什么不把那个男孩叫来？我要请求他做我的主人……”画像里的黑衣人摇头晃脑地说。

“闭嘴！你在造谣，罗西的身上怎么会有邪恶的力量？”小龙女不敢相信这件事情，忍不住大声地喝斥起黑衣人。

看到小龙女发怒了，黑衣人却发出阴险的笑声：“哈哈哈哈，你不相信？所有的画像不是都吓得躲藏起来了吗？这一切不正好说明问题了吗？”

西莫多爷爷拿出了会唱歌的银铃花，银铃花马上就开始唱歌了：

邪恶的力量将再次袭来，
男孩罗西带来了黑暗力量，
可怕的风暴将要掀起，
光明将被遮蔽，
……

西莫多爷爷和小龙女听到这里，都感到心情沉重，不知道罗西究竟发生了什么事，竟然会带来了黑暗力量？

“蓝琦，当今天发生这一切的时候，你有没有注意到罗西是什么反应？”西莫多爷爷担忧地问。

“我一直在观察着罗西，他自己似乎没有意识到自己身上有着黑暗的力量；相反，每当有东西说他是黑暗力量的时候，他都很委屈，也很愤怒……”小龙女蓝琦回答道。

“现在，我们必须想办法找出罗西身上的黑暗力量到底来自于哪里？否则，黑暗力量可能会利用他，到时候，不仅罗西会受到伤害，恐怕村庄的人们也会受到影响。”西莫多爷爷若有所思地说。

“也许桑多斯的水晶球能帮助我们解开这个谜团。我们现在就去找他。”小龙女蓝琦急切地说。

“好吧，蓝琦，先不要惊动别人，我们先去弄清楚事情。”西莫多爷爷同意了。

“咚咚咚！”桑多斯的房间里，水晶球小妖桑多斯正昏昏沉沉地睡着，突然一阵急促的敲门声响了起来。

“谁呀？真讨厌，我正做美梦呢，为什么要来打扰我？”桑多斯一边絮絮叨叨地说着，一边迷迷糊糊地打开了门。

他看到西莫多爷爷和小龙女蓝琦神色严峻地站在他面前，他的睡意顿时醒了一大半。

“出什么事了吗？”桑多斯惊异地问。

“我们需要你占卜，解救罗西。”小龙女蓝琦语气沉重地说。

“怎么回事？”桑多斯有点莫名其妙。

小龙女蓝琦把事情的缘由告诉了桑多斯，桑多斯瞪大了眼睛，几乎不敢相信自己听到的话。

“好的，我现在马上就开始占卜。”桑多斯跑到了水晶球面前，一把扯开了盖在水晶球上的蓝色天鹅绒布，一道璀璨明亮的银光从水晶球里骤然迸射出来，照得整间房屋亮堂堂的。

桑多斯站在水晶球面前，他高喊道：**“我上能摸到天，下能钻入地，阿卡阿卡哒哒哒，神奇水晶球显魔力！”**接着，他伸出手对着水晶球念起了咒语：“斯多卡桑，阿里可奇，卡斯蓝多……”

“哗！”从桑多斯的手里冒出了两道光芒耀眼的白光，直射进了水晶球，水晶球迸射出更加强烈的银光。

“水晶球，请告诉我们，该如何才能查清罗西身上的黑暗力量来自哪里？”桑多斯大声地问。

水晶球里骤然腾升起一股股浓密的烟雾，“呜——呜——”一阵阵呼啸声从水晶球里传出来，只见那些烟雾翻腾着，飞旋着，渐渐变幻着，终于，水晶球里出现了一面镜子，那镜子闪烁着奇异的光芒，红光、黄光、绿光、蓝光、白光、紫光……各种光芒围绕着镜子飞旋……

“这不是书精灵皮卡的那面银镜吗？”小龙女惊异地叫了起来。

“水晶球，我们该如何找到皮卡呢？”桑多斯问道。

“皮卡仍然在魔书城堡里面，只是他躲藏起来了，如果你们愿意，就一定能找到他。”水晶球里有一个声音回答说。

“西莫多爷爷，我们现在还需要再到禁地里去……”小龙女蓝琦转过头来看着西莫多爷爷。

“我作为老村长，无权违反村规，但是，你们去不去禁地，我想我并不知道……”西莫多爷爷的脸上漾起了一个神秘的笑，他转身走出了房间。

小龙女急忙去叫醒了罗西、娜莎和阿布。

五个人又急忙出发，直赶往禁地，在花精灵花杖的保护下，他们躲过了白脚黑蜘蛛的进攻，顺利地来到了已是一片废墟的魔书城堡。

这时，已经是夜晚，夜幕笼罩下的魔书城堡看起来很冷清，也很空寂，同时，透露出一种诡异阴沉的气氛。

“轰隆隆！”石门霍然洞开。

“你们都来了，我正在等你们呢……”一个声音从石门里传了出来，紧接着，一对蓝色的犄角先从石门后钻了出来，然后，是戴着红边方框眼镜的脑袋和胖乎乎的身子——正是书精灵皮卡。

“皮卡！”罗西、蓝琦、桑多斯都激动地叫了起来，只有阿布看到这只胖虫子，有些紧张地往后退。

“跟我进来吧。”皮卡看起来很疲惫，他迈着沉重的步伐走进了石门。

其他的人紧跟在皮卡的后面，走了进去。

“皮卡，究竟发生了什么事？”罗西瞪大了眼睛，看着一地的残迹，他简直不敢相信眼前发生的一切。

“黑暗力量卷土重来，他们想来抢夺魔书……”皮卡努力用镇定的声音回答道。

“哦！老天！魔书被他们抢走了吗？”桑多斯紧张地尖叫起来。

“没有。我早就有防备了。但是损失还是很大。他们破坏了魔书城堡里的防卫，你们可能已经看到了，大厅里的紫宝石已经被他们损毁，而那些看守的塑像也都遭到了严重的破坏。他们闯到了魔书城堡里，到处翻找那本可以统领一切的魔书，幸好，我把魔书藏到了一个没有人找得到的地方，所以，魔书才幸存下来。可是，这里其他的书已经被毁坏得一塌糊涂了。”皮卡神情沉重地说。

“皮卡，你怎么了？你受伤了吗？”小龙女蓝琦一声惊呼。

大家仔细一看，果然，皮卡的左手上有一道长长的口子，鲜血一滴一滴地滴落下来，把地上的书都浸染得一片血红。

“敌人太多，我在保护魔书的时候不小心受伤了。”皮卡强打精神地说。

“快把伤口包扎一下。”小龙女蓝琦拿出了一个雕刻着奇异精美图案的瓶子，对皮卡说，“这是树精送给我们的绿露，绿露有着神奇的功效，能够修复伤口。”说着，蓝琦把一些绿露倒在了皮卡的伤口上，晶莹剔透的绿露闪烁着美丽的绿光，轻轻地覆盖在了皮卡的伤口上，随着一阵淡淡的青烟袅袅升起，皮卡手上的伤口停止了流血。

蓝琦拿出了金鞭，用金鞭上的利刺割下银衣的一个角，包扎住了皮卡的伤口。

“那些毁坏了魔书城堡的人呢？”罗西焦虑地问。

“我不知道他们去哪里了。因为我一个人斗不过他们，因此，我利用隐身术躲藏了起来，他们无可奈何，得不到魔书，他们恼羞成怒，就到处搞破坏，最后，把这里搞得一片残败后，他们就走了，临走时，他们声称还会来。所以，你们上次来的时候，我不敢现身。事情以后也许会更糟糕……”皮卡看起来有点忧心忡忡。

“他、他们是些什么人？难道他们是黑、黑魔头未来的仆人？”桑多斯紧张得舌头都打结了。

“不，不是，他们的首领是一个面具人，十分邪恶凶残……”皮卡走到一个被斧头砍坏的书柜面前，捡起了一支蓝色的羽毛笔，这支羽毛笔已经被折断了，上面还染着黑色的液体。

“面具人？！”罗西、蓝琦、桑多斯和阿布都失声惊叫起来。

“是的。一个充满邪恶力量的面具人。”皮卡语气肯定地说。

“天哪，那是不是意味着那个梦境是真实的？”桑多斯不可思议地瞪大了眼睛。

“皮卡，现在这里不再安全了，你如果留在这里，很可能还会遭到袭击……”罗西心里充满了忧虑，他不安地说。

“是的，情况的确如此。但是，我不得不暂时留在这里，我

村庄里的很多东西都惧怕罗西，西莫多爷爷暗地里叮嘱小龙女蓝琦注意罗西的反应。当他们去画师达西的家里时，画像们一看到罗西他们，就纷纷惊恐地逃跑了，只剩下一张黑衣人的画像。

村庄里的很多东西都惧怕罗西，西莫多爷爷暗地里叮嘱小龙女蓝琦注意罗西的反应。当他们去画师达西的家里时，画像们一看到罗西他们，就纷纷惊恐地逃跑了，只剩下一张黑衣人的画像。

是在等你们的到来，我知道你们还会来的，因为我有事情得告诉你们……”皮卡将蓝色的羽毛笔一挥，墙上的一块蓝色的薄纱缓缓拉开了，一面小小的银镜呈现在他们眼前，银镜闪烁着明亮耀眼的光芒，顿时把阴暗的屋子照得十分明亮。

“银匣子里的银镜！”蓝琦惊呼起来。

“是的，我必须把事情的缘由告诉你们，因为这关系着你们的未来……”皮卡看起来满腹心事。

皮卡将蓝色羽毛笔抛到了空中，对着羽毛笔吹了一口气，羽毛笔晃晃悠悠地向着银镜飘去，羽毛笔飘到银镜前，就开始扫拂着银镜，皮卡站在银镜下开始念一些奇怪的话：“多斯多洛，卡卡西拉……”只见那块小小的银镜开始飞快地旋转，从银镜里迸射出许多银色的美丽的星星，在屋子里蹿来蹿去。银镜越转越快，并且随着旋转变得越来越大，最后几乎覆盖住了一面墙，如同一个巨大的屏幕。

“皮卡，你要让我们看什么东西吗？”聪慧的小龙女蓝琦立刻明白了皮卡的意图。

“是的。也许事情的真相会让你们很吃惊，但是，我无权隐瞒，最重要的是，如果让你们知道了真相，也许对你们未来发生的事情有很重要的意义。”皮卡的神情很严肃，他的手指朝着羽毛笔一挥，羽毛笔开始在银镜上书写起来，不一会儿，银镜上呈现出几个大字：罗西噩梦中的神秘失踪。这几个大字周围烟云缭绕，看起来神秘异常。

“我想起来了！罗西说他在噩梦中被面具人带着去了一个地方，但是他记忆中却出现了一段空白，难道就是这次失踪吗？”小龙女蓝琦惊异地瞪大了眼睛。

“是的，看来你们也已经有点预感到了，那就让银镜告诉你们详细的事情经过吧。”皮卡说完，朝着银镜又念起了奇怪的话语：“西多卡里，斯达多洛……”

顿时，“轰”的一声，银镜里升腾起一股奇幻多彩的烟云，蓝色、红色、黄色、紫色、金色的烟云翻滚着，从银镜的深处涌现出来，渐渐地，银镜的更深处，一股黑色的云雾钻了出来，把那些彩色的烟云深深地覆盖住了，银镜立刻变得诡异而幽暗。

在那股升腾的黑色云雾中，慢慢地显出了两个人影：一个是戴着面具穿着黑长袍的男子，另一个竟然是罗西！

“天哪！这个面具人正是我梦境中看到的！”罗西惊讶地叫了起来。

一团厚重的黑色烟云升起，托着两个人一直在一个通道里向前飘行，终于，停在了一幢巨大的黑屋子面前，而那黑屋子正是禁地里的黑色书屋！

面具人对着黑屋子的大门低语着，“轰”的一声，那两道沉重的黑色大门霍然大开，黑云托着两个人飘进了大门里。

大门里，是一间高大空旷的大厅，大厅周围全都是一些高大的石柱，石柱上雕刻着一些精致而奇特的图案和雕像，长长的金色的帷幔从顶上倾泻而下，随着风轻轻摇摆，大厅的四周镶嵌着无数个金色的烛台，烛台里点燃着星星点点的金色的烛火，墙壁上还挂着许多画像。

“该你来做点什么了，邪恶的力量终将被唤回……”面具人转过头来，对着罗西阴森森地说。接着，从他的面具里喷出一股黑色的烟雾，直袭向银镜中的罗西，那烟雾中弥漫着邪恶的光芒，罗西的眼睛变得越来越迷蒙，他仿佛失去了知觉一样……

就在这时候，黑门外风起云涌，一股黑风席卷着直扑进来，黑风里竟然有一个黑色半透明的怪物飘荡进来，他只有上半身，下半身是一股会流动的黑雾，那正是黑魔头狄摩·达伦！

银镜前的所有人都呆住了！

“你愿意听从我的命令吗？作为黑魔头的仆人，你将会得到很多……”狄摩·达伦阴冷的话语在大厅里回荡！

“不！黑魔头，你是邪恶的代表，我绝不会向你屈服！”罗西看到狄摩·达伦仿佛清醒了过来，他坚定地回答道。

“我可以给你很多东西……金钱，财富，地位，权力……难道你不想要吗？”狄摩·达伦阴森森地问。

“我想要的东西你永远给不了我！”罗西似乎在努力地控制着自己。

“你想要什么？这世界上的东西，没有我不能给的……”

“光明，温暖，正义，爱，慈悲……这些东西你永远无法给予我！”罗西坚定地说。

“哈哈哈哈！那些东西有什么用呢？没用的东西我从来不需要！”狄摩·达伦不屑地说。

“我不会被你收买的！”罗西的语气斩钉截铁。

“是的，你不想被我收买，可是，你心里蕴藏着的黑暗力量却已经在听从我的召唤，所以，你才会到这里来……黑魔字将会控制你，你将是我未来的仆人……命运的轮子已经开始转动……你将会加入我们的阵营，成为一股黑暗的力量……”狄摩·达伦阴阳怪气地说。

“黑魔字？什么是黑魔字？”罗西纳闷地问道。

“哈哈哈哈！这是个秘密！它生长在你的身上，即使你可以抵挡我的诱惑，但是来自你内心的黑暗力量还是会出卖你，现在，就让我来召唤你灵魂中的邪恶力量吧！”狄摩·达伦骤然间膨胀起来，高大的黑影陡然笼罩在整个大厅中。

只见狄摩·达伦飘荡到罗西的面前，猛然伸出一根又黑又长的手指，直指向罗西的身上，他低声地念叨着一些奇奇怪怪的话语，骤然间，狄摩·达伦的手指里迸射出一道幽暗的黑光，黑光直击向罗西，一阵黑色的旋风风起云涌，围绕着罗西飞旋，狄摩·达伦大声地号叫起来，声音在空旷的大厅里回荡：“呼唤他心里黑暗的力量……让邪恶在他的心中膨胀……让黑魔字控制他……”

顿时，从罗西的身上突然飞出了一些黑色的字符，这些字符闪着幽光，看起来阴郁而昏暗，字符颤动着，伸缩着，一会儿伸长，一会儿缩短，它们在罗西的周围旋转，仿佛在鬼鬼祟祟地瞪视着罗西，银镜里的罗西看起来一下子变得脸色苍白！

银镜面前，所有人都被这一幕惊呆了！罗西用手紧紧攥住了自己胸口的衣服；蓝琦瞪大了眼睛，仿佛不相信看到的一切；阿布紧张得大张着嘴，说不出话来；桑多斯则一个劲地打哆嗦！

“黑魔字，控制住他！”狄摩·达伦发出一声震耳欲聋的吼叫声。

只见那些黑色的字符围着罗西更加飞快地旋转，渐渐地，黑色的字符幻化为一根根黑色的绳索，越来越紧地绑住了罗西。银

镜里的罗西脸色越来越苍白，他奋力地挣扎着，想要挣脱出来，可是，却显得那样地无能为力！

“那是你心中黑暗的力量，你也许可以摆脱别人的控制，但是，你无力摆脱你自己对自己的控制！哈哈哈哈！”狄摩·达伦发出了一阵阵可怕而狰狞的狂笑声！

狄摩·达伦的话音刚落，罗西就虚弱地摔倒在地上！

“你曾经用锦袋把我统领的黑暗力量都收伏了，罗西，现在，我要你把它们都统统放出来！只有这样，我才会放你走……”狄摩·达伦阴森森地说。

“不……我不会屈服的……”罗西的声音越来越低，越来越弱。

“要知道黑魔字不是来自我的身体，而是来自你的身体里，我只不过是唤醒了它们……所以，你现在要战胜的不是我，而是你自己……可是，黑魔字的力量强大无比……罗西……一切都会照我的意图进行……”狄摩·达伦的脸上露出一个奇怪的笑容。

突然，罗西挣扎着站了起来，他猛然向狄摩·达伦扑去！

然而，狄摩·达伦嘴里吐出一股狂风直向罗西袭来，罗西再次重重地摔倒在地上。

“黑魔字！发挥你们邪恶的力量吧！”狄摩·达伦一阵狂呼。

只见那些黑色的字符明明灭灭地闪烁着，再次围绕着罗西飞旋起来，罗西在黑色字符中不断地旋转。渐渐地，银镜中的罗西脸色由苍白变成紫红，由紫红变成青灰，最后，由青灰变成了暗黑！

更可怕的是，银镜中，罗西的眼睛绽放出幽幽的红光，看起来也充满了邪恶的力量！出人意料的是，罗西摇摇晃晃地站稳了以后，他竟然向狄摩·达伦鞠了一个躬！

“啊！”银镜前的人们都发出了一声惊叫。

“也许现在你不能完全臣服于我，但是，我相信总有一天，你会成为我的仆人……”狄摩·达伦突然仰天发出一阵狂笑。

“是的……我感觉到了您的力量……也许，跟随您是一个很好的选择……”银镜里的罗西声音也变得很阴冷。

“那么，现在，我要让你为我做一件事，你愿意吗？”狄摩·达伦狞笑着问。

“什么事？未来的主人？”银镜里的罗西问道。

“把锦袋里的黑暗力量全都放出来……我们现在需要扩大我们的势力……世界最终将由我们主宰……”狄摩·达伦凑近罗西说。

“是的，未来的主人。”银镜里的罗西低下头答应了。

接着，银镜里的罗西伸出手，拿出了放在腰间的锦袋，那个锦袋上绣着精美而细致的图案，看起来就是一个不平凡的锦袋，它正是罗西在幽灵城里从哭泣的画像托尔斯那里得到的锦袋，这个袋子能使东西隐形，只要念出咒语，又能使隐形的东西重新出现，而此时此刻，这个锦袋里正装着禁地里的那些黑暗的东西！

“不要！”银镜前的人们都失声惊叫起来。

然而，银镜里的罗西仿佛已经被催眠了，他的眼睛茫然地瞪视着黑魔头，他的手紧捏着锦袋，他的嘴里开始念出了那些奇特的咒语：“阿卡都牙，达达西里，多斯卡那……”

“呜——呜——”骤然间，一阵狂风呼啸着席卷而来，只见那个锦袋突然间开始膨胀，开始伸长，开始变得越来越大，一瞬间，那个只有手掌大小的锦袋就膨胀成一个硕大无朋的大袋子，从袋子中吹出一阵阵狂烈的风！紧接着，一只只巨大的黑蜘蛛“嘶嘶嘶”地尖叫着爬了出来，一只接着一只，排成了一支长长的队伍，这些黑蜘蛛的眼睛闪射出可怕的幽暗的寒光，但是，它们一看到狄摩·达伦，立刻就匍匐在他的面前，毕恭毕敬地听从他的命令！

“嘶嘶嘶！”又是一阵诡异的声音从锦袋里传了出来，随着一阵窸窸窣窣的响声，从锦袋里钻出来了无数条又粗又壮的黑蛇！这些黑蛇肆无忌惮地吐着蛇信子，向四周张望着，气焰嚣张，当它们一看到狄摩·达伦的时候，它们立刻变得服帖而温顺地围到了狄摩·达伦的身旁！

紧接着，锦袋里突然响起一阵阵浪涛声，一瞬间，浪花汹涌着奔泻而出，一阵阵黑色的浊浪奔腾着，从锦袋里狂泻而下，那黑色的浪花翻腾着，显得那么阴森可怕……

“哈哈哈哈！很好，很好。一切都在按我的意志进行，罗西，现在，我要求你立刻就毁掉这个锦袋，因为它将是我们黑暗力量的敌人……”狄摩·达伦阴冷冷的声音听起来让人不寒而栗！

“是的，我的未来的主人，我遵从您的命令……”银镜里的罗西眼里闪射出一道寒光，看起来是那么陌生而可怕！

罗西看着银镜里的自己，简直不敢相信，竟然是自己亲自放出了禁地里的邪恶力量！

银镜里，“哗”的一声，罗西拔出了蓝星宝剑，他把锦袋割裂成碎片，扔在了地上。狄摩·达伦得意洋洋地看着罗西亲自毁坏了锦袋，他的脸上浮现出一个诡秘的笑容。

“留下你的标记，罗西，证明这一切都是你亲自做的……你将和我们黑暗力量是一条战线……”狄摩·达伦扔出了一支黑色的羽毛笔，羽毛笔晃晃悠悠落在了罗西的手里。

银镜里的罗西握住了羽毛笔，伏身在地上，在那堆锦袋的碎片旁歪歪扭扭地写下了几个黑色的大字：黑魔头未来的仆人！

看到这里，银镜前的罗西却呆愣愣地站着，不知所措，他真的不敢相信，自己在冥冥中竟然成为了黑魔头未来的仆人！

“啊！太不可思议了！”银镜前的桑多斯再也忍不住了，他紧张万分地尖叫起来，“罗西，为什么？你竟然会是黑魔头未来的仆人？难道你出卖自己了吗？”

“不！不可能！我不能相信银镜里的这一切！”阿布颤抖着声音说。

“事实怎么会是这样！我真不敢相信！”娜莎惊讶地尖叫起来。

“大家都镇定一点！我相信事情这样，一定是有原因的，我们不妨先把银镜里的画面都看完，再好好商量！”小龙女蓝琦尽管也万分惊讶，可是，她还是努力劝大家不要太激动。

所有人都沉默了。

银镜里，那让人可怖的画面仍然在继续着……

“哈哈哈哈！”狄摩·达伦仰天大笑，他对着一直侍立在一旁的面具人挥了挥手，“面具人，我没有看错你……你有着最邪恶的灵魂，和最胆大妄为的心灵……今天的一切，你都干得很好，我会给你奖赏的……现在，你把他带走吧……”

“是的，尊贵的主人，听从您的命令是我生命唯一的意义，能为您效劳，我感到十分荣幸，主人，我随时听从您的召唤……”面具人谄媚地对狄摩·达伦说，接着，他走到看起来仍然迷迷糊糊的罗西面前，拉着他的手，向着一张空白的画布走去，“轰”的一声，随着一阵烟雾升腾而起，两个人随即隐没在了烟云中……

银镜“轰隆轰隆”晃动了几下，镜面里顿时一片空白，什么都没有了。

“天哪！我简直不敢相信我的眼睛！”桑多斯捂住眼睛尖叫起来，“我最好的朋友，最亲密的朋友，最知心的朋友，他竟然成了黑魔头未来的仆人！这是什么世道，一切都乱套了！我到底还能相信什么？”桑多斯不断地跺着他的银靴子，神情万分紧张。

“为什么？为什么会这样？皮卡，你能告诉我这一切都是为什么吗？难道我真的是黑魔头未来的仆人吗？”罗西急不可待地问。

“是的，黑魔头未来的仆人就是你！”皮卡转过身来，静静地凝视着罗西，一字一顿地说。

所有的人全都惊呆了！

第七章 黑魔字的来历

听到皮卡这样肯定地说，罗西，你就是黑魔头未来的仆人，所有人都感到不可思议，全都瞪大了眼睛，惊讶地看着罗西和皮卡。

这时候，魔书城堡里的墙壁上还挂着许多张画像，画像里的人听到皮卡的话，全都吃惊地瞪着罗西，低声地窃窃私语起来。

一个长着红头发、穿着金色长裙的胖女人不停地在画像里走来走去，尖声叫道："天哪！为什么还要他在这里？他可是黑魔头未来的仆人！我们必须想办法让他马上离开！"

另一个穿着宽松的灯笼裤、身上披着一条红色的绶带，脸上涂着白鼻子、红嘴唇，化装成小丑模样的矮个男子看起来很紧张，他神经兮兮地不停咬着手指，嘟囔着："要知道，黑魔头是世界上最邪恶的力量，与他为伍的人可不会好到哪里去！我们必须马上采取措施！"

其他的画像也在画布里惊恐地嚷嚷着，尖叫着，顿时，整个魔书城堡里乱成了一片。

罗西茫然地站立着，他感觉到自己仿佛独自站在一片荒芜的空地上，只听得到一阵阵狂风呼啸而过，一阵阵寒意在心里升腾而起……

"为什么？为什么？谁能告诉我这一切究竟是为什么？"罗西感到自己的心脏就快要胀裂了，他突然仰天吼叫起来，叫声在空旷的城堡里久久回旋。

桑多斯、阿布都目瞪口呆地瞪视着罗西，不知所措。

只有小龙女蓝琦还比较镇定一些，她走到了皮卡的面前说："皮卡，事情这样发生，一定是有原因的，请你告诉我们，究竟发生了什么？"

皮卡的眼睛充满了忧虑和哀愁："这一切都是黑魔字在作祟……"

"黑魔字？又是黑魔字？水晶球的占卜就提到过这个神秘的黑魔字，刚才的银镜里，黑魔头也说黑魔字会控制罗西，它究竟是什么东西？"桑多斯情绪激动地嚷了起来。

"黑魔字是黑魔头所使用的一种字符，它因为具有了黑魔头的邪恶而力量强大，黑魔头要控制一个人，他常常会使用黑魔字和那个人签订交易合同，并且把这份写有黑魔字的交易刻在那个人的身上，这样，他就可以控制住这个人了……"皮卡看起来很忧虑。

蓝琦转过头纳闷地问罗西："罗西，你曾经和黑魔头签过这样的交易吗？"

"没有！"罗西斩钉截铁地回答道，"我绝不会和黑魔头做这样的交易！皮卡，你能告诉我吗？黑魔头说黑魔字来自我自己，这是什么意思？为什么黑魔字会在我的身体里？"罗西的语气十分急切。

"这一切还要从以前说起，你们看银镜里的画面就知道了。"皮卡拿起蓝色的羽毛笔向着银镜一挥。

银镜里再次升腾起一股七彩的烟云，烟云变幻着，渐渐呈现出一幅奇特的画面：一片金色的树林出现在他们面前！树林粗壮的树枝相互纠结相连，又分出更多的树枝和根系，蔓延伸展着。再仔细一看，更奇妙的是，这实际上是一棵硕大无朋的大树，整棵大树枝叶繁茂，根粗叶盛，所以看起来像是一片树林。大树的树干和树枝是翡翠的，闪耀着美丽无比的莹莹绿光，而叶子则闪烁着灿烂的金光，金光和绿光交相辉映，璀璨夺目，格外壮观。

"树精王国！"罗西、蓝琦、阿布失声惊叫起来，难道黑魔字和树精王国有关？

银镜上出现了一个老人，他长着树根一样的长胡须，皮肤黑棕色，脸上皱纹密布，却挂着和蔼慈祥的笑……

“奥多爷爷！”罗西、蓝琦和阿布再次惊叫起来，难道黑魔字和树精的智者奥多爷爷有关？

奥多爷爷向着一个男孩走去，男孩正坐在树枝上。

“孩子，你在想什么？”奥多爷爷问。

“我很担心，不知道是否能把魔书找到。”男孩转过身来，正是罗西。

“孩子，”奥多爷爷看起来很犹豫，“我不知道该不该把这件东西拿给你，实际上，我曾经打算毁了这件东西。”说着，奥多爷爷从怀里掏出了一本书，“这是那年在和黑魔头搏斗时，我拼死从他身上抢下来的东西，它上面写着很多奇怪的文字，我研究了很久，才知道这是一种非常古老的文字，名叫斯诺文，已经失传了很多年。这种文字和一种叫斯拉文的文字是当年巫师们最常使用的两种文字，但是不知道什么原因，最后却失传绝了迹。得以存留在我手中的这本书，正好是一本斯诺文的文字书，可惜我发现它不是完整的。”银镜中的罗西接过了奥多爷爷递过来的书，是一本陈旧的羊皮纸书，上面写着一些黑色的奇形怪状的字，字迹已经开始有些模糊，在金树叶的点点星光下，罗西仔细地看了起来。

“天哪，为什么这些字母会如此相似！”罗西惊呼，“这和桑多斯给我的书上的奇怪字符太相似了！”

说着，他从怀里掏出来了那张纸，上面写有桑多斯的那本书上那九个奇怪的字符，奥多也凑过头来看那张纸。

“是的，是的，就是这些……”奥多激动地指着纸上的字符说，“我得到的那本书是不完整的，只有斯诺文的九个字符，所以我一直不能把这种文字完整地整理出来，现在它们凑齐了，就可以学会千年前巫师的文字了！”

“是黑魔头他们所使用的文字？”银镜中的罗西反问道。

“是的。”奥多点了点头，他看起来不像刚才那么激动了，而是显得很忧虑，“我能教会你斯诺文字，但是我不知道应不应该。这是邪恶的黑魔头留下的东西，我担心它本身可能蕴藏着一种邪恶，也许有一天，当你知道了它们，它们会诱惑你或是伤害你，孩子……”

“不！我不怕！即使它们很危险，我也必须去面对它们，因为如果我不能解开那个咒语，书虫儿村庄就没有救了！”银镜里的罗西语气很坚定。

银镜中的奥多沉默了许久，终于点了点头，他语重心长地说：“是的，有些东西即使很危险，我们也必须面对它，世界存在，就会有善有恶，逃避不是唯一的办法。实际上，关键的是我们如何面对，就像一把利剑，它可以制造不幸，也可以惩治邪恶……”

银镜中的奥多看着罗西勇敢和坚毅的眼睛，似乎最后做出了决定，他站了起来，缓缓地向树上的房子中走去：“跟我来吧，孩子，到我的书房里去，我先研究一下，再让我来教会你斯诺文字，实际上，时间已经不多了。”

银镜中的罗西跟着奥多走去。

“咯吱”一声，奥多的书房打开了，罗西闪身走了进去。

金树叶织成的金灯散发出明亮的光，奥多在金灯下仔细地看着那本书和那张纸上的字符，他在研究着，不时轻声地低语着，或是皱起眉头嘟囔着，过了很久很久，罗西忽然听到了奥多惊喜的叫声：“清楚了！终于都弄清楚了！”

银镜中的罗西连忙跳了起来：“奥多爷爷，您可以教我了吗？”

“不，我不能教你，那样也许会花很长时间，我自己已经掌握了斯诺文，我把我学会的东西，全都传输给你，你就能用最短的时间掌握它了。”

银镜中的罗西有些不解地看着奥多。

奥多敲了敲他那根看起来已经很古老的树杖：“这根智慧杖会帮助你的。”

说着，他把树杖对着那本书和那张纸不停地挥舞着，慢慢地，一些字符就从书上和纸上飘了出来，飘浮在空中。奥多把树杖对着那些飘在空中的字符轻轻挥动着，字符就纷纷飞舞着飘到了罗西的头顶旋转着，奥多念叨着，从他的身上绽放出一股绿光，那绿光通过手臂射到了树杖里，又从树杖中溅射出无数绿色

的、晶莹的光点，那些光点蹿来蹿去，飞向字符，和字符交缠着……

“去吧！把我的智慧带给他！”奥多突然高声地说，把树杖指向了罗西的眉心，一道绿光映照着他的额头。

顿时，所有的绿光点带着字符一齐向银镜中的罗西飞了过来，像一股流水一样缓缓地从眉心流进了他的头里……

当空中的字符和绿光全都消失，奥多疲惫地坐在了椅子上：“好了，孩子，现在你已经懂得斯诺文了，千年前巫师的文字。斯诺文字是由这十八个字符排列组合而成的，我已经把这十八个字符输到了你的脑中，而那些绿光点是我脑海中的智慧之光，它们会帮你组合字符的。”

“谢谢您，奥多爷爷！”银镜中的罗西感激地扑到了奥多的怀里，他看到那本书和那张纸上已经变成了一片空白，再无那些奇形怪状的字迹。

“孩子，现在斯诺文字已经绝迹，你可能是唯一懂得这种文字的人了。”

“不是还有您吗？”银镜中的罗西不解地抬起头来。

“不，你所获得的正是我所失去的，我现在已经不懂得这种文字了，所以，当以后知道这种文字能带给你某种力量的时候，我希望你记住，这一切不是为了你个人的得益，而是为了有一天你能利用你的力量去做真正有意义的事。”奥多很严肃地说，罗西看到他脸上神色凝重。

“我知道了，奥多爷爷，我会记住您的话的。”银镜中的罗西也很郑重地回答。

……

到了这时候，银镜里的画面晃动着，又渐渐地隐没在了烟雾之后，银镜又恢复了一片空白。

“难道说，奥多爷爷传输给我的文字就是黑魔字？”罗西诧异地问。

“是的，那些文字正是黑魔字。”皮卡语气沉重地说。

“那不是斯诺文字吗？我看过了，它们和巫师们所用的文字是一模一样的！”罗西不可置信地反问。

“孩子，难道你没有发现吗？斯诺文字不会闪烁出幽幽的黑光；更重要的是，斯诺文字不会具有那股邪恶的力量。黑魔字被黑魔头赋予了邪恶的魔力，所以，他就能用黑魔字控制别人，每当他想控制一个人，他就会用黑魔字诱惑那个人和他签订邪恶的交易，到时候，要想挣脱黑魔头的控制就会无比困难；一旦签下黑魔头的交易，就会成为他的仆人，如果我没有猜错的话，现在，黑魔头正在计划把你也变成他的仆人……”书精灵皮卡无比担忧地说。

“不！不可能！我绝不会做黑魔头的仆人！”罗西激动地叫了起来。

“孩子，我相信你绝对不会愿意加入黑暗势力，可是，现在可怕的是，那股黑暗的力量已经进入了你的身体，它们很可能会不断膨胀，控制你。侥幸的是，你并没有完全被黑魔字所控制，从银镜中看，当时树精智者奥多爷爷给你传输的斯诺文字，一半是黑魔字，另一半却是普通的斯诺文字的字符。因此，现在看来，你的身体、精神和心灵，一半被黑暗控制着，另一半却仍然保留着你的善良和正直，所以，现在的你，是一个矛盾体，善与恶各存一半，你的心灵将时时面临着斗争。如果我没有猜错的话，黑魔头绝不会放弃任何诱惑你的机会……”皮卡万分担忧地说。

“那么，我们现在该怎么办？”小龙女蓝琦虽然忧心如焚，却还是努力保持着平静。

“当然，事情也并不像你们想象得那么糟糕，罗西，要知道，黑魔头目前并不能完全地控制你，不知道你们注意到了没有，罗西留下的标记是‘黑魔头未来的仆人’，那就意味着你还有足够多的良知和自由，使黑魔头不能控制你，你也只是他未来的仆人。他想让你成为他真正的仆人，还需要一个过程，在这个过程中，如果你能坚持你心中的能量，就不会被他轻易地降服……”皮卡看到大家都是满脸的担忧，就反过来安慰大家。

“你的意思是说，罗西并不一定会成为黑魔头的仆人？”桑多斯惊喜地尖叫起来。

“不，那还要看具体的情况。有一件事情，我感到很奇怪，罗西，在树精王国，奥多爷爷给你输入的斯诺文字的字符，一半是黑魔字，那么另一半普通的斯诺文字字符又是怎么得到的呢？要知道，斯诺文字是千年前巫师用的文字，已经绝迹，你又怎么会得到了这些字符？”皮卡拿着他的蓝色羽毛笔，在罗西的面前画了一个大大的问号。

听到这里，罗西转过头看着桑多斯说：“我是从桑多斯那里得来的。”

“啊，你说什么？你是从我这里得来的？我什么时候给你斯诺文字的字符了，我这个人最烦读书，更别提千年前巫师用的字符，都绝迹了，我还给你，你是不是昏头了？”桑多斯一听罗西这样说，急得一下子跳起来。

“桑多斯，你还记得吗？我们在古怪镇遭到了基特的围攻，你用水晶球解救了我们，并且带我们来到了一个山洞。在那个山洞里，小龙女和阿布都在昏睡，你就把一本书拿给我，说，这本书是你刚出生就带在身上的，但你一直看不懂，你认为这本书一定有特别的意义，否则，不会一直留在你的身边，所以，你要让我帮你弄懂这本书。结果，我就拿着这本书仔细地看，但是，我发现我看不懂这本书，却记住了那些组成所有字的九个字符。我把那九个字符记了下来，结果，到了树精王国，奥多爷爷说，那正是斯诺文字十八个字符中的九个字符。”罗西看到桑多斯气恼成这样，急忙解释说。

桑多斯挠着头，想了一会儿说：“是有这么一回事。可是，这又关黑魔字什么事呢？”

“这本书不仅关系到黑魔字，更关系到罗西的未来。自从我知道罗西被黑魔字控制困扰这件事后，我就仔细地翻看了很多书，终于找到了有关黑魔字书的一些内容。原来，黑魔头留下的写有黑魔字的书，共有两本，每本上面各有九个黑魔字字符，如果这两本书合二为一，将会产生强大的魔力，而一个人如果同时被这两本书上的黑魔字控制，他一定会成为黑魔头的仆人！现在，其中的一本书中的黑魔字已经进入到了罗西的体内，并且不断地控制诱惑他，如果另外一本书中的九个黑魔字也进入罗西的体内，那么，他一定会沦为黑魔头的仆人。那时候，善良和正义全部被邪恶吞没，罗西怎么样反抗都没有用了！”皮卡神情严肃地说。

“啊！”小龙女、桑多斯、娜莎和阿布都发出了一声惊叫。

小龙女略一沉思，对桑多斯说：“桑多斯，把你的那本书拿出来，给大家看一看，它究竟是不是那本邪恶的写有黑魔字的书？”

“怎么可能，我又不是坏人，凭什么就认为我拿的东西是邪恶的？再说，那本书是从我出生的时候就带在身边的了，怎么可能是黑魔字书？”桑多斯不满地抱怨着，他磨磨蹭蹭地从怀里摸出了一本书，这本书破破烂烂的，陈旧而泛黄，看起来和普通的一本旧书没有什么两样。

小龙女从桑多斯的手里拿过书来，打开一看，让他们震惊的事情发生了！

“哗！”一道黑光骤然从书里喷射出来，一阵烟雾缭绕着，从书页上飘散出来，接着，就看到黑烟渐渐幻化成为一些奇形怪状的黑色字符，这些字符看起来充满了邪恶的力量，正是黑魔字！

“天哪！这本书就是黑魔字的书！”阿布吓得尖叫起来。

小龙女蓝琦比较镇定一些，她转过头问皮卡：“皮卡，你看这本书该怎么处理？”

“这本书如果继续留着，一定会祸害到很多人……”皮卡的语气很沉重。

“我们应该把这本书毁了！”花精灵公主娜莎语气坚定地说。

“刷！”桑多斯一把把书从小龙女的手里抢过来，气呼呼地说：“毁掉！你们说得倒轻巧！这可是我的东西，它跟了我三百多年，我也从来没有想过要毁掉它，到了你们的手里，你们就想毁了它，没有我的同意，任何人也休想把它从我手里夺走！”

“桑多斯，你是亲眼看到的，这本书就是黑魔字书，留在世上，它只会带来灾难，你为什么不同意大家的意见呢？”阿布急了，冲出来说。

“反正我不同意毁掉我的书！”桑多斯态度坚定地回答。

“其实，要毁掉这本书，也没有这么容易。”书精灵皮卡的眼里充满忧虑，“这本书有着黑魔头强大的魔力，因此，并不是普通办法就能毁掉它的，只有用火精灵王国国王的七色火，才能毁掉这本书。否则，黑魔头得到了这本书，罗西就危险了。”

“好吧。既然这样，那么这本书就先由我来保管着，不知道大家的意见如何？”小龙女蓝琦眼看桑多斯坚决不同意毁书，就站出来说。

“不！我不同意！这本书跟了我三百多年，从来没有危害过我，我为什么要交给你？再说，你诡计多端，谁知道把书给你以后，你会不会瞒着我把书毁掉！”桑多斯这时候已经十分恼怒，也忘了平时对小龙女的惧怕，跳出来大叫大嚷。

小龙女蓝琦大怒，不知道什么时候，金鞭已经握在了手里……

眼看小龙女要和桑多斯发生争执了，罗西急忙出来阻止：“大家放心，罗西相信自己一定不会被黑暗力量所左右，也相信最终能够战胜心里的黑暗力量！”罗西的目光是那么坚定不移，让所有争吵的人都静了下来。

桑多斯不好意思地说：“罗西，我不是小气，舍不得，可是，这本书跟了我三百多年了……”

罗西微微一笑说：“桑多斯，我理解你的心情，我不会为了自己强迫你拿出你的书的。”

“如果情况是这样，那么，只有罗西想办法除掉身上黑魔字的魔力，那么，即使黑魔头得到了另外一本黑魔字书，他也不能完全控制罗西。而到现在，我还不知道该如何除去这种魔力，而且，我也该走了……”皮卡的声音充满了担忧和无奈。

桑多斯低下了头，却还是悄悄将那本书装到了怀里……

“皮卡，魔书城堡被毁了，你要去哪里？”罗西关切地问。

“你们不要担心我，我已经找到了藏身之处，黑魔头根本找不到我。”皮卡微笑着，轻轻地摇了摇头。

“可是，我们很担心，魔书会不会被黑魔头抢走……”阿布焦急地问。

“可能你们不知道，上次罗西得到魔书的时候，无意间开启了一个保护的咒语，现在决定魔书去向的不是我，只有他才能再得到魔书。所以，为什么黑魔头要百般诱惑罗西，就是因为他想利用罗西得到魔书，如果罗西也成为黑暗力量阵营的一员，那么，魔书就一定会落入黑魔头的手中。所以，现在我的去向我不会向你们任何人透露，到时机成熟的时候，我自然会出现在你们面前的。”说完，书精灵皮卡一挥手里的蓝色羽毛笔，“哗”，一道金光闪过，皮卡消失了。

所有人都呆立着，半晌都说不出话来。

当然，所有人也都没有注意到，在石门门缝那里，一直有一个人在偷窥着这一切。这是一个肥头大耳的胖子，他的鼻子从中间断裂开，上半部分向左拧，下半部分向右伸，看上去奇形怪状的，他，就是书虫儿村庄迪诺村长的仆人歪鼻子……

第八章 迪诺村长的秘密交易

此时此刻，在森林夜幕的掩映下，一个身穿黑袍的影子突然闪现出来。黑衣人的手里提着一盏破破烂烂的油灯，微弱的光芒忽明忽灭。

夜色深浓，“呜——呜——”夜风呼啸着，从森林里狂暴地掠过。

月亮高高挂在天上，这时候，天边突然出现了一抹厚重的乌云，向月亮逼近。

清亮的月光下，只看到这个黑衣人的脸上罩着一个奇怪的面具，那面具看起来十分狰狞，在隐隐闪烁的光芒下，放射出幽幽的暗光，一会儿幽蓝，一会儿暗红，让人看得胆战心惊……

黑衣人警惕地向四处张望着，发现没有人注意到他的行踪，于是，他一挥长长的袖袍，向着森林中最黑暗的角落走去……

走啊走啊，黑衣人停在了一丛尖利的荆棘面前，这丛荆棘在一个阳光永远照不到的地方。让人惊讶的是，它的周围长出来的都是黑色的植物，这种植物长有獠牙和丑陋的脸，叶子边有锯齿，这些锯齿参差不齐，每当有小虫子飞过来黑色植物就会张大嘴大喊大叫，还会挥着手里的刀和锯齿想要扑过去；每当风一吹过，它们就会发出一阵阵的怪叫，一切看起来都是那么阴森恐怖！

黑衣人向着密布的荆棘丛深深地弯下腰，鞠了一个躬，然后毕恭毕敬地说：“尊贵的主人，您好！我听从您的召唤来了……”

一个阴森森的声音从荆棘丛后传了出来：“我的仆人，进来吧……”

顿时，那些荆棘开始飞快地收缩，随着一阵窸窸窣窣的声音，让出了一条窄窄的路。那条窄窄的路，通向一个黑黢黢的洞穴。

这个洞穴看起来又深又湿，从里面飞旋出一股股透出腐败味道的狂风，狂风席卷起一地的枯枝败叶，漫天弥漫，显得阴郁而诡谲。

“噗”，黑衣人手里的破油灯熄灭了，袅袅升起一股青烟。

黑衣人摸索着，走进了那个深深的洞穴。

走着走着，洞穴里渐渐透出了一丝微弱的暗光，黑衣人抬眼看去，洞穴的尽头点着一支闪着幽光的火把，这才使得洞穴里不是一片黑暗。借着幽光，黑衣人看清了，洞穴的中央放着一张破烂的石椅，石椅上坐着一个巨大的黑影子怪物；怪物的周围，围着几只野狼，它们尖利的牙齿闪着幽幽的寒光，让人看了不寒而栗；洞穴的顶上，倒吊着无数只吸血蝙蝠……

看到有人来了，野狼“嗷嗷”地嚎叫起来，它们恶狠狠地瞪着黑衣人，仿佛随时都可能扑上来，把他撕成碎片。

黑衣人颤抖着向黑影子怪物走去，那黑影子怪物正是黑魔头狄摩·达伦……

“面具人，你终于来了，为什么你敢于违背我？我召唤了你那么久，你才赶来？”狄摩·达伦的声音里透出让人胆战的寒意。

“尊贵的主人，我从来都不敢违背您的意愿……”被称为面具人的黑衣人吓得直哆嗦。

“我知道，你是对我不耐烦了，一个半死不活的魔鬼，再没有掌控世界的能力，你想逃离我的控制，是吗？”狄摩·达伦那双可怕的眼睛里骤然射出一道阴郁的寒光。

“主人，您知道，我是您最忠实的仆人，我只是有点事情耽误了……”黑衣人吓得一下子趴伏在地面上，头都不敢抬起来。

狄摩·达伦一挥手，从他又黑又长的手指里喷射出黑色的火焰，直射向黑衣人的四周，火焰一触到地面，“腾”地一下蹿跃起来，黑火焰瞬间包围了黑衣人。

黑衣人趴伏在黑火焰中，一动也不敢动。

“我让你办的事情做得怎么样了？”狄摩·达伦冷冰冰地问道。

“主人，我、我不明白，您为什么要花那么多精力找一本破书？”黑衣人仿佛鼓足了勇气，结结巴巴地问。

“蠢货！那本书写有黑魔字，它将会帮助我控制那个男孩……那个男孩，我必须让他被黑暗吞没……如果他成为我们黑暗力量阵营的一部分，那么，那本魔书就会落到我的手里了……”狄摩·达伦紧紧握住了拳头，恶狠狠地说。

“那个男孩，罗西？”黑衣人的眼里闪射出一道寒光。

“是的，你的仇敌，黑衣人，你必须尽力去做这件事，那样，我会帮你保守你的秘密……”狄摩·达伦的脸上透露着狡黠和阴险，“否则，十二年前发生的事，一旦让他知道，你将成为他最仇恨的人，而这个男孩的心中潜藏着巨大的能量，他将会成为你最强大的敌人……”

“主人，我知道，自从十二年前被您召唤，我就是您最忠实的仆人了……”黑衣人惶恐不安地又鞠了一个躬，“主人，为什么您不亲自去抢夺那本魔书，而要依靠那个男孩，那个男孩真的不好对付，他心里的力量太强大了，我们要降服他，可能会太费力。而现在，魔书城堡已经被摧毁，只要找到书精灵皮卡的踪影，那么，我们就能得到那本统领一切的魔书了……”

“蠢货！上一次那个男孩得到了魔书，他无意开启了一个咒语，他曾经打开了正义的烙印……我太疏忽了，格里恩，一定是他做的手脚，他瞒着我在书中也打了一个烙印……现在，只有那个男孩才能得到魔书了，如果我用黑暗力量降服他，那么，他就是我黑魔头的仆人，他就得听从我的命令，魔书就会落到我的手里了……”

“可是，那本写有黑魔字字符的书……”

“那本书你一定要想办法找到！我知道，罗西为了拯救村庄，将另外一本我遗留在树精王国的黑魔字书的字符输入到了身体里，他的生命现在已经有一半被黑暗所控制，只要你再找到那另外一本书，我用黑魔字的字符控制住他，那么，我将成为世界的主宰！哈哈哈哈……”狄摩·达伦狂妄而放肆地笑了起来。

“主人，为什么您不直接控制罗西？”黑衣人不解地问。

“蠢货，都是你十二年前办事不力，使得红石护身符保留下来了，才给我带来了麻烦！”狄摩·达伦恼怒地尖叫起来。

黑衣人看到黑影子怪物骤然发火，吓得全身打哆嗦，连忙讨好地说：“主人，您不用担心，我现在已经查清楚了一些事情，据说，那另外一本写有黑魔字的书就在书虫儿村庄里，我和我的党羽们已经做好了一切准备……”

“你们打算怎么做？”狄摩·达伦的眼睛透出阴郁的光。

“我们将想办法进入书虫儿村庄……”黑衣人脸上掠过阴险的笑。

洞穴外，阴冷的风呼啸着掠过……

书虫儿村庄迪诺村长的书屋里，放置着数不清的金烛台，上面正燃烧着无数闪耀着明亮光芒的金色烛火，把整个大厅里映照得金碧辉煌，迪诺正和仆人歪鼻子在商谈着什么。

“主人，太、太可怕了，罗西竟然是黑——黑魔头未来的仆人。”歪鼻子战战兢兢地说。

“你敢确定吗？歪鼻子。如果你告诉我的是假消息，我一定会好好收拾你的。”迪诺村长的灰眼睛显得既冷漠又讨厌。

“主人，我敢发誓，这是我亲眼看到，亲耳听到的……那个该死的书精灵皮卡用他的银镜显现出来了，罗西，曾经被黑魔头控制过，就是他，又重新放出了禁地里的那些黑暗力量。”歪鼻子急不可待地说，歪鼻子十分仇恨罗西，而且，他也清楚地知道，迪诺村长也急于把罗西赶走。

“很好很好，拯救我们村庄的小英雄竟然是和黑魔头勾结的黑暗力量，我相信大家听到这个消息，一定会大吃一惊。我很乐意让村民们都知道这一切，虽然他上次在幻境中救了我，可是也让我出尽了洋相，不要以为我会记得他的恩情，我迪诺就是这样一个冷酷的人……”迪诺村长阴阳怪气地说。

“咚咚，咚咚！”突然间传来了敲门声。

歪鼻子不等迪诺家的鹦鹉开门，就狂奔过去把门打开。

门外并没有人，只有一封信晃晃悠悠地飘了进来，正好落在了歪鼻子的面前，歪鼻子捡起信，谄媚地交到了迪诺村长的手里。

“是谁送来的信？”迪诺村长问道。

“尊敬的主人，没有看到任何人来。”歪鼻子讨好地说。

“奇怪，那会是谁的来信？”迪诺村长拿起信仔细地翻看着，那是一封封得严严实实的信，迪诺村长好不容易才把信拆开，信纸上写着：“迪诺村长，今天晚上在古怪镇的石房子里相见，有要事面谈。面具人。”

“快去！把我的长袍拿来，我要出去一趟。”迪诺村长的眼睛闪烁不定，看起来他有些心神不宁。

歪鼻子急忙飞奔而去，不一会儿就拿来了一件黑长袍。

“歪鼻子，我今天晚上出去到古怪镇的事，不许对任何人说，否则，我会让你后悔的！”迪诺村长恶狠狠地说完，挥了挥手，示意歪鼻子退下。

“遵命，我的主人。”歪鼻子急忙退了下去。

迪诺村长猛地一挥手，“呼！”顿时所有明亮辉煌的烛火都熄灭了，只剩下一片黑暗。

“嗞”，一根火柴划亮了，他点亮了一盏破破烂烂的小油灯，小心翼翼地抬着小油灯，走向一条狭窄的过道。拐过无数个弯，走了很久很久，出现在他眼前的是一个神秘而阴暗的地方。一道长长的石阶梯延伸着，看起来幽深而黑暗，石阶梯潮湿而阴冷，滑腻而肮脏，上面长满了青苔，它向前伸展着，伸展着，仿佛通向一个神秘的地方……

这究竟是什么地方?

这就是迪诺村长家里的暗道，它通向那个传说中可怕而奇怪的小镇——古怪镇。

迪诺村长向着那个幽深黑暗的地方走去，他似乎对这条路很熟悉，只凭借着微弱的灯光就能认清路……

石阶梯上，风一阵阵“呜呜”呼啸着飞掠而过……

迪诺村长举着小油灯在石阶梯上向前摸索着，石阶梯通向一个幽深的黑洞，黑洞里阴冷的风呼呼吹过，几次险些把小油灯微弱的光吹灭了，迪诺村长伸出一只袖袍，挡在了油灯前，摸索着穿过了黑洞。

黑洞的尽头，又是一个长长的石阶梯，迪诺村长面无表情地走在石阶梯上，一直往前走，往前走……

最后一级石阶梯到了，一幢看起来破破烂烂的石屋伫立在那里。这幢石屋是由一些奇形怪状的石头堆垒成的，看起来十分不牢固，在风中摇摇晃晃的，从窗户口透出一点暗淡的光芒——这幢石屋正是上一次迪诺村长来过的地方，正是在这里，他找到了古怪镇的马可其。他想在马可其的帮助下利用复活仪式获得强大的魔力，谁知反而落入了马可其事先布下的陷阱，差点帮助黑魔头完成了复活仪式，使黑魔头险些获得了重生的机会。而迪诺村长也被困在了幻境中，要不是罗西救了他，他险些逃不出来了。可是，说实话，迪诺村长却一点也不感谢罗西，他也不为自己的阴谋而感到惭愧，相反，他更多的是感到遗憾，恨自己错过了那个三百年来才有的一次机会。还有，就是对罗西无尽的仇恨，他始终认为，罗西是他获得强大力量的障碍，所以，他一直还在谋划着把罗西赶出村庄。

“砰砰！”迪诺村长走到门前，敲了敲门。

“你终于来了……”石屋里传来了一个阴森森的声音。

门“吱呀”一声打开了。

石屋里闪烁的是一点如豆的灯光，昏黄而阴冷。

站在灯光前的是一个黑衣人，灯光让他的身体投射下了一个巨大的黑影，黑影一下子笼罩住了迪诺村长，迪诺村长不由自主地打了一个冷战。

黑衣人慢慢地转过身来，这才看清了他的面目，黑衣人戴着一个奇特的面具，面具完全遮住了他的脸，让人难以辨清他的身份，黑衣人个子并不算高大，可是却穿着一件又宽又大的黑长袍，使他看起来显得很奇怪。

“你找我有什么事？”迪诺村长颤声问道。

“迪诺村长，我要和你做一个秘密的交易。”面具人冷冷地瞪视着迪诺村长。

“交易？又是秘密的交易！我再也不相信你们的鬼话了！”迪诺村长听到这句话，一下子气得暴跳如雷，甚至于把对面具人的恐惧都扔到一边了，“你们上次已经让我上当了！我不再会相信你们了！”

“哦，你是在为上次马可其欺骗你的事恼怒吗？迪诺村长，我可以向你保证，我上次介绍给你的那个人，我并不知道他受黑魔头控制，也没有想到他会欺骗你，请你相信我的真诚和友谊，我是真心地希望你得到强大的魔力。”面具人油嘴滑舌地说。

“不！我再也不相信你们了！上一次为了收买马可其，我几乎花光了我所有的积蓄，想想吧，那么多的金子、宝石、珍珠和翡翠……哦，我的天哪，那个可恶的骗子，他拿了我那么多钱，却不为我办事，还让我差点被困在幻境里出不来，该死！我为什么要相信你们！”迪诺村长怒气冲冲地吼叫起来，他的叫声很响，在石屋里嗡嗡回响。

“冷静一点，迪诺村长，如果让别人知道我们在这间石屋里秘会，相信对你绝没有一点好处。”面具人冷冰冰地说。

这句话显然起了作用，迪诺村长冲到了石屋的窗户口向外四处张望着，想看一看有没有人听到他们的谈话。

石屋外面黑漆漆的，看不到任何人，只有夜风呼啸着掠过。

“你放心，我已经安排好了，没有人会在这里，我亲爱的朋友，我约你来绝不是为了过去的事情争吵，而是为了我们共同的利益……”面具人的声音冷得仿佛能把人冻成冰。

“什么利益？”迪诺村长尽管恼怒异常，但是一听到利益两个字，语气还是缓和了下来。

“你看，这些是什么东西？我想你不会吃亏的，这将是一个合算的交易……”面具人说着，从一张破破烂烂的木桌子下面拿出了一个硕大的包，“这里面就是你梦想得到的东西。”

说着，面具人“哗啦”一下子把大包里的东西倾倒出来。

一道道美丽灿烂的光芒迸射而出，骤然间把石屋里照得明亮异常。

桌子上堆着成堆的金子和珠宝！有蓝宝石、红宝石、黄宝石、翡翠、珍珠、金子、红玉……在幽暗的灯光的映照下，更加光彩夺目！

看到这些珍宝，迪诺村长的眼睛顿时就闪射出贪婪的光芒："你说什么？我没有弄错的话，这些东西都是我的了，是吗？"

"当然，只要你愿意和我们合作，这些珍宝都是属于你的……"面具人不紧不慢地说。

"好吧，看在这些珍宝的分上，你可以告诉我你的计划是什么。"迪诺村长说着话，眼睛却还紧紧地盯着那成堆的金子和珠宝。

"你知道，书虫儿村庄从来不欢迎古怪镇的人，而我现在有好几个古怪镇的朋友对书虫儿村庄的生活很感兴趣，他们希望能到这个村庄生活，当然，这也包括了我……"面具人的声音冷冰冰的。

"哦！你知道这是不可能的事情！书虫儿村庄的村规规定村庄的人绝不许到古怪镇，也不允许古怪镇的人到村庄！"迪诺村长尖叫起来。

"村规既然是人规定的，就可以更改。迪诺村长，难道你作为一村之长，都没有能力把这条小小的村规改变一下吗？"面具人的眼里闪动着邪恶的光芒，直逼视着迪诺村长。

"即使是村规的改变，也要征得全村人的同意。"

"那并不重要，只要你愿意改，我的朋友们也支持，以我们强大的力量，我想没有人敢和我们抗衡……"面具人一副很有把握的样子。

"这——这太难了……"迪诺村长喃喃低语。

"哗啦哗啦"，面具人把桌子上的金子和珠宝全都重新装进了口袋里，冷冰冰地说："既然迪诺村长认为这件事太难办，那么我就不为难你，只是这些珠宝我只好带走了。"说着，面具人提起口袋就想走……

眼看就要到手的珠宝要被拿走了，迪诺村长很着急，"等等！"他急切地叫了起来。

面具人停住了脚步。

"让我再想想……当然，如果我要强行改变村规，村民虽然会不满意，但是他们也不得不听……"迪诺村长犹豫着。

面具人摇晃着口袋，口袋里，金币和珠宝相碰，发出一阵阵叮叮咚咚好听的声音……

声音无疑是一种诱惑，迪诺村长不再犹豫了，他从面具人的手里一把抢过了口袋，紧紧护在自己的身旁："好吧！成交！我会想办法把古怪镇的人安排进书虫儿村庄。"

"迪诺村长，你误会我的意思了，古怪镇的人们去那里，是为了和书虫儿村庄的人们成为朋友，所以，我希望今年是一个友谊年，我们大家能够共同庆祝这美好的日子，到时候，古怪镇的人们将会为你们带去精彩的节目……"面具人阴阳怪气地说。

"好吧！我回去后就着手办这件事，我将会召开村民大会通知他们……"迪诺村长的眼睛时刻不离他手里拿着的那个大口袋。

"这真是一笔好买卖，迪诺村长，我们都得到了我们想要得到的东西。"面具人的眼里闪射出阴险而得意的笑意……

石屋外面，几只可怕的秃鹰围绕着石屋不停地旋转，一切看起来都是那么神秘而阴郁……

第九章 修改村规

深夜，夜色低沉，罗西、小龙女蓝琦、娜莎、桑多斯和阿布在森林的小道里行走着。他们刚刚才从禁地里出来。

森林的夜路显得阴郁而黑暗，路很不好走，在月光下，路两旁高大的树木投下一个个诡谲的黑影，使森林显得更加阴森……

不时地，还会有猫头鹰拍打着翅膀，用粗哑的嗓子尖叫着掠过他们的头顶；黑鸦“嘎嘎嘎”地在他们的周围不停地聒噪；野狼也躲藏在森林的暗影中窥伺着，仿佛随时都会扑过来……

小龙女蓝琦拔出了一片银鳞，银鳞闪烁着明亮耀眼的光，照耀着森林的小路，周围的野狼和黑鸦远远地跟着，没有进攻他们，他们顺利地向前走着……

“神秘书屋”到了。

“孩子们，你们回来了。”还不等绿篱让开路，西莫多爷爷已经走出门来迎接他们了。

“西莫多爷爷，我、我……”罗西哽咽着，却什么话都说不出来。

“先进来休息吧，孩子们，你们看起来都那么疲惫。”西莫多爷爷慈爱地说。

五个人走进了“神秘书屋”，“神秘书屋”的客厅中，壁炉里点燃着暖暖的炉火，红色的火苗蹿跃着，发出一阵阵“噼啪噼啪”的响声，整间房子里暖意融融，让五个刚从禁地回来的人都感到十分舒服。

“哦，老天，幸好逃出来了，还有这么暖和的炉火，要不然，我真的以为我的老命又要受折腾了。”桑多斯唠叨着。

小龙女蓝琦不满地瞪了一眼桑多斯，冷冷地说：“无论什么时候，你都是那个最爱挑毛病、也最爱抱怨的人，大家早就领教过了。”

“小龙女，你不就是因为我不想把写有黑魔字的书拿给你，你对我不满意，想挑我的刺吗？”桑多斯愤愤不平地嚷了起来。

“什么？你们在说什么？一本写有黑魔字的书？这本书到底是谁拿着？”当西莫多爷爷听到小龙女和桑多斯的谈话时，脸色骤变！

“那本写有黑魔字的书在桑多斯的手中……”小龙女蓝琦语气忿忿地说。

“桑多斯，你的手里怎么会有这样一本书？”西莫多爷爷的语气很急切，他突然一把抓紧了桑多斯的手，“桑多斯，到底是怎么一回事，你快对我说清楚！”

“老、老主人，您不要吓到我，那、那本书是我出生以来就带着的，从我出生的时候，水晶球里就有着这样一本书。三百多年了，我一直都带着这本书，也没病没灾的。可是，现在，他们却说我的这本书写着的是黑魔字，是一本邪恶的书，想要把我的书毁掉。老、老主人，您可要为我做主啊……”桑多斯紧张得都喘不过气来了。

“桑多斯，你可以把你这本书拿给我看一看吗？”西莫多爷爷的语气中透露着焦灼。

“当、当然可以，可是，我希望老主人，您不要像他们一样也要我把书毁掉……”桑多斯磨磨蹭蹭地从怀里掏出了那本看起来破烂陈旧的书。

西莫多爷爷急切地翻开了那本书，在金色的烛火和火红的炉火的映照下，书本上的字符泛着幽暗的黑光，那些黑色的字符散发着无比邪恶的气息，蠢蠢欲动，仿佛一旦有黑暗的力量降临，它们就会从书本中立刻蹿跃出来，加入黑暗的阵营……

西莫多爷爷紧盯着手里的黑魔字书，惊讶地说：“桑多斯，这真的是一本黑魔字书，它带有强大而邪恶的力量，如果我们不把它毁掉，它会带来灾难的！”

“我们已经再三地劝说过桑多斯了，可是，他谁的话也不愿意听，就连书精灵皮卡再三告诫他，黑魔字书将会给罗西带来灾难，他也听不进去。”小龙女蓝琦气愤不已地说。

“小龙女，你不要胡说八道，这本书跟着我那么多年，可从来没有害过人，你凭什么说这本书会害人？”桑多斯恼怒地叫了起来。

“不信，让我指出来，这本书到底会怎样害人。”小龙女蓝琦说着，从西莫多爷爷手里拿过了书，不等众人反应过来，小龙女“刷”地一甩手，把手里的黑魔字书扔到了壁炉那熊熊燃烧的火焰里！

“啊！”众人发出了一声惊叫！

“我的书！我的宝贝！”桑多斯发出一声惊呼，就向着壁炉里的火焰扑去！

然而，这时候，“砰！”的一声巨响，只见扔进火焰里的那本书发生了可怕的变化！黑色的字符飘浮了起来，渐渐幻化成为黑色的火焰，顿时，黑火焰又变成了一张黑色的巨嘴，转眼间吞噬了壁炉里的红色火苗！一瞬间，壁炉里竟然只燃烧着黑色的火焰，“噗”的一声，客厅里所有点燃着的金色烛火也熄灭了！

“啊！”所有的人再次发出了一声惊叫！大家都被眼前的这一幕惊呆了！

客厅里已是一片黑暗，桑多斯跌跌撞撞地摸索到了壁炉前，伸手把那本书抢了出来，黑火焰又渐渐变幻着，成为了一些黑色的字符，重新刻在了书本上。

黑火焰熄灭了。

这时候，西莫多爷爷急忙重新点燃了烛火，客厅里又恢复了光明。

桑多斯和所有人都紧张地盯着那本书看，却发现尽管刚才壁炉里火焰熊熊，但是，那本书却完好无损，它不但没有缺损，反而把壁炉里的火焰吞熄了。

“小龙女，你为什么要把我的书扔到火里去？”桑多斯更加恼怒。

小龙女蓝琦却不理桑多斯，反而在一旁沉吟：“书精灵皮卡的话果然没错，这本书的邪恶力量太强大了，普通的方法根本不能毁灭它，看样子，真的是只有火精灵王国国王的七色火焰才能毁灭它……”

“你还没有回答我的问题呢！”桑多斯对小龙女步步逼近。

“桑多斯，你也亲眼看见了，这本书上的黑魔字真的很邪恶，普通的火焰甚至于不能烧毁它，相反，它能吞没这些火焰，这种力量太可怕了，这本书虽然跟了你三百多年，可是，它真的危害到了大家的安危，特别是罗西，他很可能因此成为黑魔头真正的仆人。到时候，魔书也会如黑魔头所愿，落到他的手里，那时候，村庄里将会遭遇巨大的灾难！甚至于还会发生更可怕的事情，因为，黑魔头的野心绝不止是这个小村庄，他妄图控制整个世界，如果他得到魔书，得到强大的魔力，他的野心就会实现，到时候，遭难的将是更多的人！”小龙女蓝琦急切地说。

“不！我不想听！我只知道那是我的东西！”桑多斯堵住耳朵叫喊了起来。

“什么？罗西将可能成为黑魔头真正的仆人？究竟发生了什么可怕的事情？”西莫多爷爷的神情震惊不已。

“上一次寻找魔书的过程中，罗西为了解开魔书上的咒语，他必须学会斯诺文字。树精王国的智者奥多爷爷有一本黑魔头留下来的写有黑魔字的书，奥多爷爷利用那本书帮助罗西学会了斯诺文字，终于解救了村庄。可是，黑魔字本身带有非常邪恶的力量，奥多爷爷传输给罗西的黑魔字把这种邪恶的力量带到了罗西的身上，结果，罗西的心中潜伏下了黑暗的力量。现在，他受到了黑魔字的控制，已经成为了黑魔头未来的仆人，并且还为黑魔头放出了锦袋里的黑暗力量。如果另一本书，也就是桑多斯的这本书上的黑魔字也控制了罗西，那么，罗西将彻底沦为黑魔头真正的仆人！”小龙女蓝琦急切地把事情的缘由说了出来。

“罗西！罗西！永远都是罗西！你们有谁考虑过我的感受，我从小就没有了爸爸妈妈，这本书是我出生的时候就带来的，也许它是我的爸爸妈妈留给我的东西，为什么你们说要毁掉，我就必须听你们的！”桑多斯气得尖叫起来。

“桑多斯，如果事情是这样，作为你的老主人，我希望你郑重地考虑一下皮卡和其他人的建议……”西莫多爷爷忧虑地看着桑多斯。

“不，老主人，为什么连您也这么说……”桑多斯睁大眼睛，不可置信地问。

“桑多斯，你不能太自私，这关系到很多人的安危……”娜莎很担忧地说。

“不！我不同意！我恨你们……”桑多斯发出一声痛苦的尖叫，他飞快地把书揣到了怀里，背着他的水晶球，向着门外冲去。

“桑多斯！”众人急忙去拦阻他，可是，桑多斯已经疾如闪电地飞奔出大门外，转瞬间消失在浓浓的夜色中……

书虫儿村庄的早晨，沐浴着灿烂明亮的阳光，宁静而祥和，村民们都还沉睡在美好的梦乡之中。

“当当当！”突然间，一阵急促的钟声响了起来，响彻云霄，传遍了村庄。

很久以来，书虫儿村庄已经没有响过这么急切的钟声了，这钟声意味着村里有重大的事情需要村民聚会，听到这钟声后，村民必须尽快赶到村庄的大礼堂里开会，商讨重要的事情。

正在睡梦中的罗西突然听到了急促的钟声，他急忙从床上跳了起来。

这时候，阿布和小龙女、娜莎闯到了他的房间里，异口同声地问道：“罗西，发生了什么事？”

“孩子们，你们都醒了吗？”这时候，西莫多爷爷出现在了门口，“你们都听到钟声了吧，看来村庄里有重大的事情要发生，我们必须立刻赶到村庄的大礼堂里去！”

罗西、小龙女、娜莎和阿布很快地收拾好了东西，跟着西莫多爷爷走出了书屋。

显然，书虫儿村庄的村民都被这钟声敲醒了，村庄的小路上匆匆忙忙地走着许多人，他们都是赶往村庄大礼堂的村民。

村庄的大礼堂到了。这是一个巨大的圆形建筑，大礼堂的顶端高悬着火红的灯笼，虽然是白天，却还是燃烧着金色的烛火。在礼堂的正前方用许多黑褐色的方石搭建了一个高高的看台，这个看台耸立着，高台上站立着一个人，正是迪诺村长，他的脸色冷峻，毫无笑意，摆出一副高高在上的模样，他向下俯视着人群，眼睛里透出傲慢和冷漠。

大礼堂里已经挤满了人，人们聚在一起，都不约而同地抬起头看着迪诺村长。

“安静！安静！我尊贵的主人马上就要宣布有什么重大的事情发生了！”迪诺村长的仆人歪鼻子扯着粗哑的嗓子喊道。

高台下的人群停止了窃窃私语，都专注地看着迪诺村长。

迪诺村长用鼻子哼哼了两声，然后，站在高台上扫视着人群说：“村民们，今天召集大家来这里，主要是因为有一件非常重要的事情要宣布，今天，我们将迎来一群我们书虫儿村庄的朋友，他们将带着他们友好的感情和友谊，暂时居住在我们的村庄……”

高台下的人群开始议论纷纷：

“这些人会是谁呢？”

“为什么这之前没有人说起这件事？”

“我担心这些人是否真的友好。”

……

西莫多爷爷站了出来，高声问道：“请问迪诺村长，你所说的书虫儿村庄的朋友是谁？我想，村民们有权利知道内情……”

迪诺村长脸上的肌肉抽动了几下，他的眼睛恶狠狠地瞪视着西莫多爷爷：“西莫多老村长，我并没有打算对村民们隐瞒什么，他们自然会知道实情的。”

高台下的人们停止了议论，等待着迪诺村长发话。

迪诺村长冷漠的灰眼睛扫射过高台下的人们，然后，他用一种异常平静冷漠的声音说：“这群将来暂住在书虫儿村庄的朋友，他们来自古怪镇……”

“嗡！”人群一下子爆发出了各种各样惊讶的叫声。

“天哪！竟然要有古怪镇的人来我们的村庄！”

“古怪镇的人竟然要和我们住在一起！”

村民们举行盛大的宴会欢迎古怪镇的来客，黑衣面具人却命令小矮人把村民们各种精心的布置破坏了，换上了蜘蛛网，破烂的用具和腐败的饭菜，并且让古怪姐妹表演，一高一矮，穿得奇形怪状的古怪姐妹唱起歌讽刺村民们。

“古怪镇不是一个充满了邪恶的小镇吗？我们怎么能和他们来往？”

“如果我没有忘记的话，村规里不仅规定了书虫儿村庄的人不许去古怪镇，也不许古怪镇的人来书虫儿村庄！”

……

村民们在高台下议论着，他们的脸上充满了忧虑和担心。

这时候，西莫多爷爷站了出来说：“迪诺村长，请你慎重考虑你的决定，按照村规，古怪镇的人是不能到书虫儿村庄来的……”

迪诺村长瞪着西莫多爷爷，冷冰冰地说：“西莫多老村长，作为上任村长，你一定也记得村规里也规定，在特殊的情况下，村长有权力改变村规，而现在，我想你一定记得很清楚，真正的村长是我，而不是你。”

西莫多爷爷皱起了眉头：“迪诺村长，我想请问，你现在难道遇到了什么特殊的情况吗？”

“当然。”迪诺村长摇晃着脑袋，“古怪镇的人们主动来向我们示好，并且希望我们双方能建立友好的合作关系。作为一位珍视友谊、想与邻居建立和睦关系的村长，我想，这真是一个难得的机会，我有必要重新修改一下村规。”

说着，迪诺村长拿出来了一张陈旧泛黄的旧羊皮纸，这正是书虫儿村庄的村规，上面密密麻麻地写满了101条村规，其中，第49条村规正是关于古怪镇的规定。

“歪鼻子，把笔给我拿来！”迪诺村长高声喊道。

歪鼻子急忙跑过来，手里正拿着一支金色的羽毛笔。

迪诺村长拿过了金色的羽毛笔，就想下笔改写第49条村规。

“等一等！”西莫多爷爷站了出来，他眼睛里迸射出愤怒的火花，“迪诺村长，你应该知道，作为一名村长，你必须以村民的意愿为意愿，而不是以你的个人意愿代替村民的意见，所以，即使你是一村之长，在你做决定的时候，也必须遵从村民们的意见……”

高台下的村民听到了西莫多爷爷的话语，也不由得议论起来。

“是啊，村长虽然有权力修改村规，可是必须得到村民的同意啊！”

“我觉得迪诺村长没有权力任意改写村规。”

“那可是几百年的村规了啊，怎么能说改就改呢。”

……

人群的议论声越来越响，反对的呼声也越来越高，渐渐地，村民们的声音汇成了一股洪流：“不行！没有人可以随意改变村规！不行！村长的意志不能代替我们大家的意志！”

歪鼻子看到大家的吼声越来越响亮，吓得不断地往后缩。

迪诺村长却没有退缩，他凶狠的目光直射向西莫多爷爷：“西莫多老村长，我希望你不要坏了我的事情，难道因为我现在在村长的位子上，你看不惯了吗？不要忘记，当初可是你亲自同意把村长的位子让给我的……”

“不，迪诺村长，你错了，这件事不是你的事，也不是我的事，而是大家的事，只有大家都同意了，你才有权力修改村规，我不是故意为难你。”西莫多爷爷神态平静地说。

“那么好吧，我就要让你看看，你一心维护的村民们将怎样回报你！”迪诺村长恶狠狠地对西莫多爷爷说。

迪诺村长略一沉思，重新面向着高台下的村民高声叫嚣着：“村民们，你们知道在过去的几年里，村庄的收成越来越不好，现在，整个村庄面临着经济上的困难。我曾经想过很多方法解决这个问题，可是，都没有良好的措施，村民们在最近几年来，流落到外乡想谋求更好的生活，可是，很多人都因为背井离乡而饱受艰辛。可是，现在，我找到了一个新的方法，可以让我们暂时摆脱目前的困境……”

高台下的村民听到迪诺村长的讲话，再一次引起了议论的热潮。

“是啊，这几年来村庄的收成的确是大不如往年了。”

“我们必须想办法解决这些困境啊。”

“不知道迪诺村长想出来的新方法是什么？”

……

众人的眼光都注视着迪诺村长。

迪诺村长得意地露出了一个阴险的笑："在我们困难的时候，我们真正的朋友出现了，我们的朋友们，他们愿意拿出自己的积蓄，资助村庄里的每一位村民……"

"他们是谁？"高台下有人喊叫着问道。

迪诺村长显出一副胸有成竹的模样："他们就是古怪镇的居民……"

"啊……"村民们发出了一阵阵的惊呼。

迪诺村长接着说："古怪镇的居民愿意帮助书虫儿村庄的村民渡过现在的难关，他们已经对我提出，他们将拿出一些金币给那些愿意接受他们的村民……"

医生纳罗尔站了出来问道："他们愿意给我们每个人付出多少金币？"

"是啊，他们愿意给我们每个人付出多少金币？"其他人也跟着附和着问道。

一丝不易察觉的笑意从迪诺村长的脸上掠过，他知道，如果有人这样问，那就意味着事情有转机了。

果然，越来越多的人询问着这笔钱是多少。

迪诺村长对歪鼻子挥了挥手，歪鼻子飞快地溜出了大礼堂，不一会儿，他气喘吁吁地又出现在了门口，只见他的身上背着一个巨大的口袋，那个口袋看起来很重，把歪鼻子压得腰都直不起来了，他背着口袋吭哧吭哧地爬上了高台，来到了迪诺村长的面前。

"歪鼻子，把口袋里的东西倒出来！"迪诺村长高声地命令道。

"遵命，我尊贵的主人。"歪鼻子向着迪诺村长鞠了一个躬。

"哗啦！"骤然间，口袋里倾倒出了无数的珍宝，闪烁着璀璨夺目的光芒，把大礼堂里照得明晃晃的。

这些珍宝有金子、红宝石、蓝宝石、黄宝石、珍珠、翡翠、红玉……光芒四射，美丽耀眼。

"啊！天哪！这么多的珍宝！"高台下的村民惊呼起来！

"村民们，这就是我所能为你们做的，作为你们的村长，我必须为你们真正的利益着想，而不是像某些人一样，只会说一些动听的、冠冕堂皇的话，却不实际做一些有利益的事！”迪诺村长的目光直逼西莫多爷爷。

罗西听到这些话，愤怒地想冲出去，可是，却被西莫多爷爷拉住了，西莫多爷爷在他的耳旁低声说：“不要冲动，事情的真相总会查出来的。”

“天哪，我们就要发财了！”村民们惊叹着。

“告诉我，村民们！你们需要多少金币才能接受古怪镇的居民？”迪诺村长高声喊道。

“十枚金币……”有人轻声地说。

“不！太少了！我们必须多要一点，这样的机会并不是天天都有的！”另一个人高声地否定了这个提议。

“三十枚金币……”有人又提议说。

“不行！还是太少了！”又有人在抗议。

“五十枚金币……”这时候，已经是一小群人在高喊着了。

“不行！不行！还要增加！”还是有人在反对。

“一百枚金币！”一大群人在高呼。

“不行！我们可以要的更多！”同时，也有一大群人在高声反对。

“三百枚金币！”几乎所有人都狂热了，高声地喊叫着。

“三百枚金币！三百枚金币！我们要的并不算多！”村民们振臂高呼，每个人的脸上都充满了贪婪和欲望，他们的眼睛里迸射出疯狂的火焰，仿佛随时都有可能冲上高台把那些财宝抢归自己。

迪诺村长在一旁冷眼看着事态的发展，看到村民们已经彻底被这突如其来的财宝弄得如此疯狂时，迪诺村长的脸上露出了得意而阴险的笑……

“哈哈哈哈！”迪诺村长仰天狂笑，“太好了，大家终于理解了我的一番苦心，不像有些人，始终认为我这个村长只是为了谋自己的私利……好吧，我将尊重所有村民的心愿，每一个同意修改村规的人都可以得到三百枚金币！”

“啊！”高台下的村民发出了惊喜的狂叫！

“我想告诉大家的是，正如西莫多老村长所说的，至于村规的修改，我不能以我个人的意愿代替村民们的意愿，所以，现在，村民们，我要你们表决，是否同意修改第49条村规？同意的就举起手来！”迪诺村长阴阳怪气地说。

“哗！”几乎所有的村民都举起了手，并且高声地喊叫着：“我们同意修改村规！”

除了西莫多爷爷和罗西、小龙女、娜莎、阿布。

迪诺村长转向了西莫多爷爷，装腔作势地鞠了一个躬，说：“尊敬的老村长，您现在还有什么意见吗？”

西莫多爷爷看着疯狂的人群，无奈地摇了摇头。

罗西愤怒地握住了手里的蓝星宝剑，小龙女的金鞭已骤然飞出，但是，都被西莫多爷爷轻轻地按住了：“孩子们，我们不要轻举妄动。”

迪诺村长重新拿起了金色的羽毛笔，把那张写有村规的羊皮纸铺开，歪鼻子递来了一瓶去污渍的药水，药水被涂在了羊皮纸上面的第49条村规，上面写着：“严禁书虫儿村庄的任何人到古怪镇，严禁任何古怪镇的人来书虫儿村庄。”

药水涂上去后，这行字隐去了，迪诺村长用金色的羽毛笔写下了新的一行字：“欢迎书虫儿村庄的任何人到古怪镇，欢迎任何古怪镇的人来书虫儿村庄。”

村规改了。人群里爆发出热烈的喊声。

“村民们，为了庆祝古怪镇的人们对我们的友谊，今天晚上将举行盛大的欢迎宴会！欢迎古怪镇的来客！”迪诺村长高声宣布着。

人群再次欢呼起来。

只有西莫多爷爷和罗西他们的脸上充满了担忧……

第十章 古怪镇的来客

“神秘书屋”里，西莫多爷爷、罗西、小龙女蓝琦、花精灵公主娜莎、银箭精灵阿布坐在客厅里，每一个人看起来都心事重重。

“不！不行！今天晚上的欢迎宴会我不去参加！”罗西愤怒地说。

“我也不去！”花精灵公主娜莎也不满地说，“太疯狂了，所有人都被钱蒙蔽了眼睛。”

“不，我们一定得去！尽管我们不接受那些金币，可是，这却是一个很好的机会，让我们了解对方是否有什么阴谋……”小龙女蓝琦却若有所思地说。

“我支持小龙女的意见，因为我觉得这件事情后面一定有着不可告人的秘密，很难说，也许迪诺村长早已经和他们有了什么秘密交易，而大家都还不知道内情……”西莫多爷爷经过一番深思熟虑说。

“要拿出这么多的金币，他们的要求绝不会那么简单，只是想与书虫儿村庄的人们建立友谊，并且居住在这里，”小龙女蓝琦不紧不慢地说，“我们必须想办法查出他们的真实目的。”

“好吧，我同意去参加这个宴会。”罗西镇定了一下情绪，点头同意了。

“我也一定会去参加宴会，小龙女和西莫多爷爷的顾虑很有道理，我们都应该警惕一些。”花精灵公主娜莎沉思了一会儿说。

所有人都同意了一起去参加宴会。

夜幕降临了，天边的晚霞将天际染得绚烂如织锦，而此时此刻，迪诺村长安排的盛大的欢迎宴会也要开始了。西莫多爷爷带着罗西、小龙女、娜莎、阿布赶到了宴会的所在地大礼堂。

在书虫儿村庄的圆形大礼堂里，一切都装点如新。礼堂的顶上悬着无数彩带和气球，还挂着无数个火红的灯笼，金色的烛火燃烧着，如同点点灿烂的星光。礼堂的正中，摆放着长得几乎望不到边的桌椅，上面铺着金色的桌布，在灯火的映照下，闪耀着明亮的光，晃得人的眼睛都睁不开了。同时，桌子上放着无数个擦洗一新的银烛台，里面点燃着无数根蜡烛，将整个大厅映照得金碧辉煌。

大厅里早已经汇集了村庄的村民，里面人声鼎沸，村民们一个个笑逐颜开，兴奋地低声议论着。

“三百个金币！想想，这是多么让人振奋的数字！”

“天哪！我一辈子都没有见过那么多钱！”

“这下子，我可以想买什么就买什么了！”

“我做梦都在等待着这一天的到来！没想到我真的发财了！”

……

西莫多爷爷和罗西他们听着这些议论，不由皱起了眉头。

迪诺村长看到他们走了进来，脸上露出了一个得意的笑容：“西莫多老村长，您真是赏脸，尽管您反对我的决定，可还是来参加这个宴会了，真是万分荣幸。”

“迪诺村长，作为书虫儿村庄的村民，我想我的到来不会遭到你的干涉吧！”西莫多爷爷淡淡地说。

“哪里哪里，欢迎还来不及呢！”迪诺村长装腔作势地说。

接着，迪诺村长就去指挥村民端上精心准备的盛宴：有嗞嗞直冒油的烤鸭，有香喷喷的烤肉，有又香又脆的蛋奶糕，有新鲜嫩绿的蔬菜……大盘大盘的美味被端上来，放在宽敞的大桌子上，将桌子堆得都没有地方放东西了，大礼堂里弥漫着浓郁的香味，惹得人直想流口水。

村民们翘首等待着古怪镇居民的到来。

“当当当！”钟声敲响了七下，是该古怪镇的居民出场了。

村民们一个个瞪大了眼睛，急切地盼望着。

“轰！”一声巨响传来，大礼堂仿佛被震得摇晃了一下。村民们都大吃一惊，纷纷从椅子上站起来向窗外看去，在夜幕中，只看到一群暗影正在向大礼堂这边涌来。

“咚咚咚咚！”响亮的鼓点声传来了，紧接着，就听到一声声长长的吆喝声：“古怪镇的贵宾来了！古怪镇的贵宾来了！”

村民们拥挤到外面，抢着观望古怪镇的居民。

走来的队伍前面，全都是小矮人，他们长着尖尖的鼻子向上翘着，大大的嘴巴拼命往两边咧，小小的眼睛挤成一堆，眉毛像一把乱七八糟的扫帚横着，脸色灰暗，嘴唇泛黑，头发乱蓬蓬地顶在头上，看上去十分憔悴。前面的小矮人们手里拿着熊熊燃烧的火把，高声地喊叫着；后面的小矮人则在敲着鼓；再后面一点，是一些推着小车的小矮人；紧跟在他们后面的，却是一个个穿着黑袍的面具人！

这些来客大约有十二个人，所有的人都穿着宽大的黑袍，黑袍上有一个很大的帽兜，他们的脸上都戴着一个看起来奇形怪状的面具，显得阴森而恐怖！而在他们的身后，还有两个穿得奇奇怪怪的女子。

“啊！”所有村民都倒吸了一口冷气，没想到古怪镇的人看起来这么可怕！

村民们都停止了议论，惊讶地瞪着来客。

迪诺村长看到气氛有些尴尬，急忙出来打圆场：“村民们！这就是古怪镇的贵宾，他们真诚地来拜访我们，我们难道不应该给他们最热烈的掌声，欢迎他们吗？”说完，迪诺村长就带头鼓起了掌。

村民们这才反应了过来，纷纷鼓起了掌，把穿黑袍的面具人迎进了大礼堂。

小龙女蓝琦看到这么多的面具人，十分诧异，她轻轻地捅了捅罗西的手臂，低声问道：“罗西，这些人里面有那个把你带入梦境、放出邪恶力量的面具人吗？”

罗西瞪大了眼睛，仔细观察着那一个个奇怪的面具，最后，无奈地摇了摇头说：“我不能肯定，因为我没有见到那个面具人的真正面目，何况，现在这些面具人都没有戴着那个奇怪的面具……”

西莫多爷爷对小龙女和罗西说：“现在这个场合不要讨论这个问题，小心透露秘密，我们回去再从长计议。”

小龙女和罗西立刻闭上了嘴。

等到古怪镇的黑衣人们都走进了大礼堂，迪诺村长把所有黑衣人引上了高台：“亲爱的朋友们，请介绍一下你们自己吧！”

为首的黑衣人站出来说：“我叫基卡。”

一个头发花白、戴着一个古怪的女人面具的黑衣人站了出来：“我叫杰西卡。”

一个身材高大、戴着老头面具的黑衣人冷冷地说：“我的名字是巴克。”

另一个身材矮小的黑衣人戴着一张像鸟一样的面具，他的眼睛里闪射着邪恶光芒：“我叫特迪尔。”

……

等黑衣人做完了自我介绍，迪诺村长立刻谄媚地当起了他的主人：“亲爱的贵宾们，你们看，我们为你们准备了什么？这么美丽的餐桌，这么耀眼的烛火，这么华丽的彩带，这么炫目的灯笼，这么美味的食物，这么热情的村民……”

为首的黑衣人冷冰冰地扫视着四周的一切，又走到餐桌前嗅了嗅，他立刻打断了迪诺村长的喋喋不休：“不！不行！你们准备的东西我们都不喜欢！这不是我们古怪镇的人要的风格！必须现在就做一些改变！一刻都不能耽误！”黑衣人语气霸道地说。

迪诺村长有些傻眼了，他没想到自己精心做的准备马上就遭到了黑衣人的否定，他结结巴巴地问：“那、那么，你、你们要什么风格的布置？”

“哇！”基妮奶奶的小孙子基洛看到这些可怕的人，吓得哇哇大哭起来。

顿时，其他的小孩子也跟着哭了起来……

大礼堂里一瞬间乱成了一片……

“迪诺村长，这就是你给我们的欢迎仪式吗？”为首的黑衣人冷冰冰地问道。

“尊贵的朋友们，你们需要怎样来安排呢？”迪诺村长惊慌地问道。

“既然是欢迎我们的仪式，就要按照我们的规矩和爱好来做！还是让我们自己来安排吧！”为首的黑衣人冷冷地说。

黑衣人转过身去对着那些小矮人低声地说着什么，小矮人们战战兢兢地点头答应着……

只见小矮人们飞速地排好队列，从腰间拿出来了一根根各种颜色的棒子，对着大礼堂的顶部一挥，同时，他们的嘴里念叨着一些奇怪的话语：“其其可卡，斯多斯洛，芬多格达……”

从小棒子里喷射出各种颜色的光芒，红光，绿光，蓝光，紫光，黄光……“噗……噗……噗……”只见到顶上的红灯笼里的烛火相继熄灭了，那些高悬着的气球一个个炸裂开了，挂着的彩带被小矮人棒子里的光芒击中，也断裂了，纷纷落了下来……

村民们看得目瞪口呆，谁都不敢再说话，就连小孩子们也吓得停止了哭泣。

接着，小矮人们抬来了放在大礼堂里的架子，“噌噌噌”地往上爬着，他们爬到了大礼堂的顶端，就开始念着咒语，挥舞着手里的小棒子，顿时，从小棒子的顶端喷射出一根根粗粗的蜘蛛丝，这些蜘蛛丝飞快地织成了一个个蜘蛛网，很快地就密布在了大礼堂的房顶；然后，小棒子里还喷出一些黑灰，涂抹在房顶上，使房顶看起来肮脏而丑陋；再接着，小棒子里又喷射出一股股黑烟，黑烟飘荡着，萦绕着，飘浮在了蜘蛛网的周围……

顿时，刚才还光明灿烂、看起来熠熠生辉的大礼堂变得阴森而恐怖……

“他们究竟要干什么？”罗西愤怒地问。

“先不要轻举妄动。”小龙女蓝琦拍了拍他的手，示意他不要太激动。

所有的村民看到这种变化，全都吓呆了……

“嗯，这还差不多，这才是我要的风格，阴暗，肮脏，可怖……”为首的黑衣人一直在注视着小矮人们做的事，这时候，他满意地点了点头，示意小矮人们从架子上下来。

小矮人们立刻胆战心惊地从高高的架子上爬了下来。

黑衣人的眼睛又从餐桌上划过，看到那些耀眼的金桌布，闪耀着明亮烛火的银烛台和那些散发着浓郁香味的美食，他皱了皱眉，阴森森地对小矮人说：“不用我多说了，你们应该知道我希望看到什么……”

小矮人们念着咒语，挥舞着小棒子，“噗……噗……噗……”餐桌上的明亮的烛火相继熄灭了；接着，一点点绿幽幽的荧火在银烛台旁飞蹿着，落到了熄灭的烛火上，代替了金色的烛火，大礼堂里的光线顿时变得很昏暗，再加上那忽明忽灭的荧火，真是阴森到了极点；而这时，金色的餐布也变成了黑色，餐桌上的所有的美味全都消失了……

所有的小矮人聚到了一起，低声地商量着什么，接着，他们从背后背着的袋子里开始取东西放在餐桌上：缺了好几个口的烂盘子，上面还沾着脏脏的油迹；断了把的茶杯，茶杯上还印着黑手指印；破成两半的碗，沾有黑灰；没了嘴的茶壶，上面还有茶垢；没有脚的高脚杯，站立不稳，东倒西歪的……

所有的书虫儿村庄的村民全都愣住了，什么话都说不出来……

小矮人又接着放菜肴了：散发着腥臭味的大马哈鱼；硬得能硌掉人牙齿的蛋糕；已经开始腐败的烂菜叶；散发着一股股霉味的茶叶；还放上了一只只鸡，断了脖子，可是还滴着腥红的血；还有一杯杯的浓绿色、黏糊糊的酒……

这时候，整个大礼堂里既阴森又可怕，难闻的气味熏得人几乎都要呕吐出来了，村民们吓得一个个瞪大了眼睛，都不敢说话了……

小龙女蓝琦厌恶地看着这一切，真想跳出来反抗，但是，她知道这时候最好是保持沉默，看清楚事态怎样发展，所以，她强压着心头的怒气，手紧紧按着金鞭，不让自己的怒火爆发出来。

“哈哈哈哈！实在是太好了！小矮人，你们办得可真漂亮，现在，这一切都布置得让我万分满意！”为首的黑衣人狂笑着说。

“既然如此，那我们就宣布盛宴开始吧！”迪诺村长讨好地说。

“好吧，村民们！盛宴开始了！为了我们古怪镇对书虫儿村庄伟大的友谊，和美好的感情，我们先干一杯！”黑衣人们端起那破破烂烂的高脚杯，把杯子里的浓绿色的黏液喝了下去。

村民们拿着破酒杯，犹豫不决，这样的东西让他们喝下去，真的是太可怕了……

“怎么？你们不想为我们伟大的友谊干杯？”黑衣人的声音里充满了不满，“你，为什么不喝下这杯酒？”黑衣人对着杰瑞爷爷吼了起来。

杰瑞爷爷吓得“咕嘟咕嘟”几大口把那浓绿色的黏液喝了下去，真难喝呀，弄得他差点呕吐了出来，村民们也都吓得把那黏液喝了下去。

“难道这种蛋糕不美味吗？你为什么都不动一下？”黑衣人对着护林人柯里又吼了起来。

柯里吓得拿起那块硬得像石头的蛋糕一口咬了下去，“咯嘣”一声，他的两颗牙齿掉了下来。

村民们也都拿起这种硬得像石头的蛋糕吃了起来……

“哈哈哈哈！”黑衣人再次狂笑起来，“为了庆祝我们的友谊，我准备了精彩的表演，村民们，你们都可以欣赏到美妙的歌声，现在，就请古怪姐妹为我们表演！”

黑衣人一挥手，那两个衣着奇怪的女子走上了高台。

她们的打扮真是奇形怪状啊，高个子女子的衣服全都是破布块缝制的，她的那件衣服至少有一千块破布条儿，各种花纹，各种颜色，重重叠叠地缝制起来，看起来凌乱不堪；她的头发是乱七八糟的火红色，她却滑稽地戴了一顶绿帽子；她的眼睛一只大一只小，看起来还有一点斜视；她还戴着一条大马哈鱼的骨架做的项链。矮个子女子穿着一件干树叶缝制的衣服，衣服的纽扣是用鱼眼睛做成的；她的头发是乱蓬蓬的翠绿色，她却滑稽地戴了一顶火红的帽子；她的两只眼睛大得出奇，仿佛占了脸的一半大；她的一只耳朵没有戴耳环，另一只耳朵却挂着长长的、一直拖到地上的耳环。

“我是古怪姐妹的古古姐姐！”高个子女子尖厉的声音在大礼堂里响起来，那声音尖厉得仿佛可以刺穿大礼堂的顶。

“我是古怪姐妹的怪怪妹妹！”矮个子女子低沉粗哑的嗓音就像一个重低音炮，震得礼堂里嗡嗡作响。

“我们一起为大家表演一首歌‘黑暗的力量’！”

于是，一个尖厉、一个粗哑的声音就开始唱起了歌：

你们想不想知道世界上什么样的力量最强大？
我们要告诉你们黑暗的力量无所不在。
金钱、权力与仇恨，
是我们心头邪恶的怒火，
只要它们熊熊燃烧，
就会带给你们黑暗的力量。
看吧，
你们为了金钱开始出卖自己的灵魂，
你们睁大眼睛看看我们是谁？
我们只是你们平时不屑一顾的邪恶势力，
可是，为了金钱，你们已经把自己出卖。
你们的心灵开始出现一个缺口，
从这个缺口里，
黑暗在慢慢地渗透。
不过，不用担心，也不必迟疑，
金子可以慰劳你们的心灵，
……

古怪姐妹一边唱，还一边对着高台下的村民挤眉弄眼，跳着各种稀奇古怪的舞蹈动作。她们的声音实在是太难听了，简直就像拿钢锯在切割什么东西，让人听得头昏眼花，难以忍受。

而最最让村民们难以接受的是，古怪姐妹的歌百般嘲讽村民们为了金币，正在出卖自己，于是，有一些村民开始不满起来。

铁匠基姆伯伯站了起来，不满意地说：“你们根本就没有珍视我们友谊的诚意，这样的歌是对我们的污辱！”

医生纳罗尔也愤怒地说：“我们还没有拿到你们的金币，你们就这样嘲笑我们，太过分了！”

达西、霍斯伯伯、厨师巴多、老师哈洛……众多的人纷纷站了起来，表达自己的不满。

“村民们，请你们相信我们的诚意，我们是带着最珍贵的礼物来拜访你们的，我相信，当你们看到我们的礼物，你们的怨气就会全都消失……”为首的黑衣人看到村民们开始愤怒，就站出来说。只见他对着小矮人们一挥手，大声地说：“把我们的礼物带出来！”

只见小矮人们排成整齐的队列，向大礼堂外走去。

“吱呀吱呀！”随着一阵阵响声传来，小矮人们推着小车走了进来，小车上放着的东西看来十分重，是一个个装得鼓鼓囊囊的口袋，口袋一个紧挨着一个地堆放着，推车的小矮人累得弯着腰，驼着背，头上渗出了一颗颗豆大的汗珠……

小矮人们带来的是什么东西？村民们疑惑地睁大眼睛看着那些沉重的口袋。

“小矮人们！打开口袋，让村民们看看，我们带来了什么贵重的礼物！”为首的黑衣人高声叫喊道。

小矮人们努力地踮着脚，费力地伸长了手，去打开紧紧拴在口袋上的绳索。

“哗！”骤然间，无数道璀璨夺目、灿烂耀眼的金光从口袋里迸射出来，将整个大礼堂照耀得明亮异常！

那些口袋里全都装着满袋满袋的金币，闪耀着绚丽的金光！

“啊！天哪！”村民们都被惊呆了！

“哈哈哈哈！我们是言而有信的，村民们，这些闪亮的金币不正是你们需要的吗？”为首的黑衣人发出一阵狂笑，然后，他伸出手，抓起了一把金币，把手里的金币扔了下去，金币相互撞击着，发出“叮当叮当”的响声，这清脆的响声在大礼堂里回响着……

村民们看着这么多的金币，万分兴奋，议论纷纷。

“啊，太好了……这么多金币……我真不敢相信我的眼睛……”纳罗尔激动地叫了起来。

“我的天哪……这回我是真正发财了……”柯里兴奋得手舞足蹈。

“天哪！这么多金币！我都看得眼花缭乱了！”巴多尖叫起来。

……

为首的黑衣人转身对着大礼堂外的夜色，用手掌“啪啪啪”拍响了三下！

“嗖嗖嗖——”夜色中，一大群黑影张着巨大的翅膀直扑进了大礼堂！

“啊……”大礼堂里的人们吓得尖声惊叫。

是一群长着利嘴的秃鹰！它们全身披着黑色的羽毛，眼睛里迸射出冷漠而凶恶的光芒，它们的爪子十分尖利……

秃鹰在大礼堂的上空盘旋飞翔……

孩子们吓得开始“哇哇哇”地哭喊起来……

为首的黑衣人挥了挥宽大的衣袖，对着秃鹰高声喊道：“把金币带给他们！”

秃鹰一阵俯冲，直冲向小车上那满袋的金币，它们的利爪飞快地抓起了口袋，直飞到大礼堂的上空，秃鹰用利爪撕破了口袋，“叮叮当当！叮叮——当当——”金币就从口袋里撒落了下来，直落到了村民们的头顶和眼前！

“啊……”大礼堂里的人们再次惊叫起来。

接着，村民们就像发狂了一样，开始抢夺那些落下来的金币……

“住手！这是我的！”

“胡说！是我先看到的！”

“谁先抢到就是谁的！”

“谁和我抢，我绝不会善罢甘休！”

……

大礼堂里顿时乱成了一片！

柯里为了抢一堆金币和纳罗尔厮打在一起，两个人的脸上都被抓出了血痕。

基姆伯伯扯住了杰瑞爷爷花白的头发，想抢先夺到地上的一堆金币。

纳恩和小胖子福尼你踢我一脚，我打你一拳，互相对骂着。……

“哈哈哈哈……”黑衣人们发出了一阵阵得意的狂笑声。

看到村民们为了抢金币一切都不顾了，站在人群里的西莫多爷爷和罗西、小龙女蓝琦、花精灵公主娜莎、阿布的脸上掠过了焦虑而担忧的神色……

第十一章 黑魔头的三重考验

那一场欢迎古怪镇来客的宴会，使村民们都得到了大量的金币，迪诺村长在宴会上正式宣布了修改后的村规，古怪镇的来客从此就要住在书虫儿村庄。

“啊哈，我亲爱的朋友们，你们想住在哪里？”迪诺村长讨好地问黑衣人。

为首的黑衣人基卡冷冰冰地看了他一眼，说：“我听说村庄里有一幢‘恐怖书屋’，已经很久没有人住了，我们想在那幢书屋里住……”

“哦，天哪，那可是一幢可怕的屋子！”歪鼻子听了尖叫起来，“那幢书屋的主人十多年前突然神秘地死亡了，据说他是被活活吓死的！从此，吓得没有人敢到那里去了！”歪鼻子圆睁着眼睛，一副恐惧不已的模样。

“那正是我们需要的书屋……村民们会因此不敢太靠近我们……”基卡阴森森地回答道。

“那——那好吧，我们现在就带你们去看看那幢书屋。”迪诺村长带着古怪镇的黑衣人们向着“恐怖书屋”走去。

“看！那就是‘恐怖书屋’！”直到走到了村庄的边缘，迪诺村长才指着一幢看起来阴郁颓败的书屋叫了起来。只见“恐怖书屋”位于村庄一个最不显眼也最阴暗的一个角落，那里杂草丛生，野草长得非常高，已经有一人多高了；书屋上面积满了尘垢，看起来既肮脏，又破败，再加上破破烂烂，年久失修，看起来真是一幢十分阴森的书屋。

“主、主人，难道我们要进去吗？”歪鼻子胆战心惊地问。

“当然，我们怎么能怠慢我们的来宾呢？”迪诺村长虽然也不情愿，但还是硬着头皮在前面带路。

一行人穿过那些高高的野草，野草堆里散发着一股难闻的味道，古怪镇的黑衣人们穿行在里面，全都被野草埋没了，只听得到行走的沙沙的脚步声。

穿过野草堆，他们的面前赫然挺立着破烂的“恐怖书屋”，书屋的墙上绘制着最可怕的一些怪兽：四头怪、巨头蛇怪、三眼妖怪……尽管颜色已经剥落了，可是这些怪兽仍然圆睁着眼睛，虎视眈眈地瞪着来人，仿佛随时都会扑过来……

“啊，真可怕呀……”歪鼻子吓得直哆嗦。

一行人继续往前走，走到了门前，“吱呀”一声去推门，那扇破了几个洞的木门“轰”的一声倒了下来，差点砸在了他们的身上！

“救命！”歪鼻子惊惶失措地尖叫起来。

“不要大惊小怪的，否则你会后悔的。”基卡冷冷地说。

从门口看去，这幢书屋真的是太古怪也太阴森了，里面的所有房间都像一个个深深的地洞，黑漆漆的；房间的顶上都倒掉着一些吸血蝙蝠，一看见有人来，就迎面飞扑过来；这些地洞里还不时地吹来阴暗潮湿的冷风，“呜呜”呼啸着扑面而来；空气中弥漫着一股难闻的腐败的气息，一切都是那么可怕而黑暗。

房间里放着的东西都已经破烂不堪，缺了门的书柜，断了脚的椅子，缺了角的桌子……看起来仿佛动一下，都会马上分崩离析，成为碎片。

“亲爱的朋友们，这么阴森的房间，太不适合你们了，我马上安排让你们换……”迪诺村长急切地献殷勤。

“不用了，我们喜欢的正是这样，阴暗，肮脏……”说着，基卡挥了挥手，一群吸血蝙蝠叫着飞扑而来，落在了他的手上……

这一切看得歪鼻子和迪诺村长十分惊讶。

“现在，你们可以回去了，我们还有很多事情要做……”基卡阴森森地对迪诺村长和歪鼻子说。

迪诺村长和歪鼻子急忙连滚带爬地离开了那幢阴森的书屋。

为首的黑衣面具人基卡把其他的面具人召集起来说："你们都要待在这里，没有我的命令，绝不许出去！谁都不可以轻易暴露我们的身份和计划，否则，我基卡一定会好好地收拾他！"说着，基卡的手重重地捶在了面前的一张石桌上，"轰隆隆"一声巨响，石桌被砸成碎块，轰响着倒塌在了地上。

所有的面具人眼睛里都闪射出恐惧的神色，他们毕恭毕敬地缩到了角落里。

"好了，我现在要去见我们尊贵的主人了，面具人们，记住我的话。"基卡说到他的主人的时候，也立刻显露出了恭敬的神色。

"我们知道了，首领。"面具人们低声回答道。

基卡一挥披在身上的长长的黑斗篷，走进了茂密的森林。

走了很久，基卡停在了一片荆棘林前——这正是那个黑魔头藏匿的洞穴。

"主人，您忠实的仆人来了……" 面具人基卡对着洞穴深深地鞠了一个躬。

"进来吧……"一个阴冷的声音从洞穴里传了出来。

面具人面前的荆棘飞快地收缩着，让出了一条小路。面具人走进了洞穴。

洞穴里有一些绿幽幽的荧火闪烁着，明明灭灭的荧火使这个洞穴看起来更神秘也更诡异。中间的一把破烂的石椅子上，正坐着黑魔头狄摩·达伦！

狄摩·达伦抬起头来，凶狠地瞪视着基卡："你的事情办得怎么样了？"

"尊贵的主人，我们已经顺利地住进了书虫儿村庄。" 基卡胆战心惊地说。

"蠢货！你们只进入书虫儿村庄又能怎样？我要你们迅速地找到那本黑魔字书！" 狄摩·达伦恶狠狠地尖叫起来。

"主人，我们马上就会开始着手查这件事情，您不要着急……"基卡看到狄摩·达伦大发雷霆，吓得脚直打颤。

“不要着急？基卡，你竟敢和我说这样的话！我必须长久地躲藏在这个洞穴里，暗无天日，而我主宰世界的梦想却遥遥无期……我知道，你是厌倦了吧，你必须遵命的主人只不过是一个可怕而虚弱的魔头，他甚至于都不敢站在阳光下……好吧，我会让你知道我的厉害的……”狄摩·达伦阴森森地说。

狄摩·达伦伸出了一根又黑又长的手指，指向了基卡，并大声地咆哮着：“十二年前，你就已经接受了我的召唤，你的身上也刻着我们交易的黑魔字字符，你受到我的控制，面具人，你必须知道，任何妨碍我的人，我都不会让他们好过，我一定会毁了他们！同样，敢于背叛我的人，我一定要狠狠地惩罚他！”说着，狄摩·达伦的手指里喷射出一道幽暗的黑光，直击向基卡的身上。

黑色的电光如利剑一样刺向了基卡的身体，顿时，面具人基卡被这道黑色的电光击倒在地上！

那黑色的电光燃烧起了黑色的火焰，火焰把面具人的黑衣燃烧了起来，不一会儿，黑衣就烧光了，露出了面具人的上身。面具人的上身布满了奇形怪状的黑色字符，那些黑色字符深深地刻在了他的身上，如同一个个充满邪恶的烙印，散发着阴森而可怕的力量！

紧接着，面具人身上的黑色字符开始蠕动起来，变化成为一根根黑色的绳索，紧紧地绑住了他，面具人用力地挣扎着，却怎么也挣脱不了，面具人低声下气地哀求道：“尊贵的主人，请您饶过我吧，我一定会永远效忠于您，我会为您找到那本黑魔字书的，那个男孩罗西，一定会如您所愿，成为您的仆人……”

“好吧，我就饶过你……但是，我已经不耐烦了……我要亲自出马，那个男孩，一定逃不过我的诱惑，他会主动要求成为我的仆人的……”狄摩·达伦说着，将他那又黑又长的手指一挥，刚才射出的那道黑色的电光重新收缩了回来；渐渐地，那些黑色的绳索也慢慢开始回缩，由绳索变成了字符，重新凝固成为基卡身上的奇形怪状的黑色字符。

“主人，您打算怎么做？”基卡的声音在颤抖。

“现在，我要你把罗西引出来，我要用三重幻境诱惑他，他一定会经受不住诱惑，出卖自己，成为我的仆人……”狄摩·达伦的脸上浮现出一个阴险的笑容。

“是的，遵命，我尊敬的主人。”基卡伏身地上，颤声回答道。

狄摩·达伦拿出来一个面具，扔到了基卡的脚下：“拿着这个面具，那个男孩一定会为了追寻梦里的线索，而追踪你，你就可以把他引到我的身边……”

“可是，主人，我很担心，那个男孩，他不一定会顺从您……”基卡套上了面具，结结巴巴地说。

“闭嘴！如果不是你们办事不力，我用得着亲自出马吗？快去！否则我会再让你吃苦头的！”狄摩·达伦恶狠狠地骂道。

基卡连忙躬身退出了洞穴，向着书虫儿村庄走去。

“神秘书屋”到了，已是深夜，书屋里灯火已经熄灭了，里面静悄悄的。

基卡戴着那个神秘的面具，越过绿篱，向着书屋走去。

“咚咚咚！”基卡敲响了房门。

此时此刻，罗西正躺在床上，在一片黑暗中，呆呆地看着天花板，他正在为村庄白天发生的事情感到迷惘和痛苦，他想不通，他那么热爱的村民们，为什么在金钱面前完全变了模样？而更让他担忧的是，他担心那伙古怪镇的来客是另有所图，他担心他们会给村庄带来新的灾难……还有，他的朋友水晶球小妖桑多斯已经好长时间没有消息，他会不会遇到什么不测呢……

迷迷糊糊地想着，睡意渐渐袭来，罗西感到自己快要进入梦乡了……

“咚咚咚！”就在这时候，罗西听到了敲门声，罗西一下子惊醒过来。

“是谁？”罗西问道。

“咚咚咚！”没有人回答，可是敲门声却还是没有停下来。

已是深夜，还会有谁来敲门，难道……

罗西翻身起床，穿好了衣服，手里握紧了蓝星宝剑，向着书屋的大门走去。

“吱呀”一声，门打开了，罗西探头向外看去……

天哪！他看到了什么！一个戴着面具的面具人正站在大门前，那个面具十分奇特，会不断变幻。面具一会儿是鲜红的，一会儿是幽蓝的，一会儿是暗黑的，一会儿是浓绿的，这个面具时而奸诈，时而邪恶，时而狰狞，时而阴郁，正是那天把他带入梦境的画布上的面具人所戴的面具！此时，面具在月光下泛着幽幽的光，显得那么诡异……

“你是不是画布上的面具人？”罗西惊异地问道。

面具人点了点头。

“你为什么会来这里？”罗西反问道。

“你不是一直想查清事情的真相吗？你跟我来，就自然知道是怎么一回事了。”面具人的声音听起来阴沉异常，他也不再看罗西，转身就走。

“已经来不及去叫醒其他人了，我不能放过这个面具人，我一定要查清楚事情的缘由。”罗西心中暗想，他握紧了蓝星宝剑，紧紧跟随在面具人的后面。

面具人向着森林的深处走去，那里夜幕更深浓，也更黑暗……

罗西跟着面具人，走过了无数条小路，拐过了无数个弯，终于在一堆荆棘丛前停住了。荆棘丛四周长着一些可怕的黑色植物，露出了一张张丑陋的脸，一看到罗西来了，黑色植物就尖叫起来：“黑魔头未来的仆人来了……”

寂静的森林里回响着声音：“来了……来了……”

荆棘丛开始窸窸窣窣地收缩着，露出了一个黑色的深深的洞穴，面具人摸索着走了进去，罗西紧跟在后面。

当他们都走进洞穴深处，罗西惊讶地看见了在昏黄的灯火下，洞穴中央的破石椅上，正坐着一个黑影子怪物——那正是黑魔头狄摩·达伦！

“哈哈哈哈，男孩，我们又见面了！”狄摩·达伦发出一阵阴森的笑声，张狂而可怕。

“黑魔头！你到底有什么企图？”罗西怒目圆睁。

“企图？哈哈！男孩，我只不过想帮你，我已经说过，我可以给你很多东西，只要你顺从我，你可以轻而易举地拥有财富、权力、地位……你为什么不跟我走一走，看一看你将可能得到的东西呢？”狄摩·达伦装腔作势地说。

“不必了，我从来都不奢求这些东西！”罗西坚决地回答。

“那么，我是不是可以这样说，男孩，你不敢了，你感到恐惧了，今天看到了村民们为了抢金币打得头破血流，你迷惑了，对吗？”狄摩·达伦脸上露出一个阴险的笑容，一边悄悄地挥动他的手指指向罗西，一道幽暗的光射向了罗西。

“是的……”罗西不得不承认他的疑惑。同时，他也感到自己的身体里那些黑色的字符又开始在蹿动……

“只要你自己亲自经历一下，男孩，你就会知道这一切究竟是为何。看，我为你准备了什么？”说着，狄摩·达伦扯去了他身后的一块巨大的幕布，三扇门露了出来，这是三扇看起来很神秘的门，分别是金色、红色和黑色的，门上雕刻着一些奇特的花纹，那些花纹闪烁着幽光，显得很诡秘。

罗西困惑地看着那三扇门，他感到身体里的那些黑色的字符又在跳动着，一种邪恶的力量在自己的心里升腾而起：好想进去……只是进去看一看……

狄摩·达伦看到罗西眼神迷离，立即飘荡到了罗西的面前说：“跟我来吧……”

说着，他就飘向了第一扇金门。

不知不觉间，罗西已经迈步跟在了狄摩·达伦身后。

狄摩·达伦对着金门念着奇怪的咒语：“其斯里卡，都尔达乐……”

“噌！”金门弹跳开了。

狄摩·达伦带领着罗西往金门里走去。

一走进金门，“哗！”骤然间，万道金光迸射而出。罗西诧异地发现他们竟然站在了一座古城的入口。城门口高悬着一块匾，写着“金银城”三个字。

“这是什么地方？”罗西问道。

“这里就是传说中拥有无尽宝物的金银城，在金银城里，到处都摆满了金银珠宝，即使你想要，一辈子也要不完，再贪心的人也拿不走这里的财宝，因为这里的财富是无尽的……”狄摩·

达伦的声音里透出了贪婪。

罗西仔细地观察着这座古城，他惊异地发现所有的城墙都是用金砖和硕大的金块垒砌而成的，金砖和金块上还雕了花，图案精美而古朴，这些金子散发出明亮耀眼的光芒，晃得人眼睛都睁不开了。

金银城的门外放着一对硕大无朋的金狮，两排小矮人站立在城门口，守护着城门。

狄摩·达伦转过头对罗西说："跟我来。"

罗西惊讶地看着这座黄金垒成的古城，紧随在狄摩·达伦的身后，向着城门走去。

走到了城门前，狄摩·达伦一现身，立刻，守护着城门的小矮人们睁大了惊恐的眼睛，纷纷向狄摩·达伦鞠躬，狄摩·达伦却看都不看一眼小矮人们，就直接闯进了城门。罗西感觉到，因为他是跟着黑魔头来的，那些小矮人也用惊惧的眼神看着他，并且惊惶失措地让出路来。

城门里面可真是繁华啊，城里的路面也是用黄金铺筑而成的，地面还用宝石镶嵌成了各式各样美丽的图案。黄金闪耀着明亮的金光，而那些宝石则闪烁着各种色彩：红色的，黄色的，紫色的，蓝色的，绿色的……各种光芒闪耀着，交相辉映，更使得整座古城金碧辉煌，璀璨炫目。

城里行走着许许多多的小矮人，他们推着一些破破烂烂的小车，小车上都装满了整袋整袋的金子和宝石、珍珠。小车不堪重负，发出咯吱咯吱的响声。这些小矮人们都衣着破烂，脸上脏兮兮的，神色很憔悴，他们费劲地推着小车，排成了队列向前走着……

古城的两边都是一些店铺，这些店铺里有的正在销售金银珠宝，有的是一些工匠正在加工着宝石。店铺外面的街上，还游走着一大群一大群的小矮人，他们的背上背着包，手里捧满了各种宝石和金子，正在沿街叫卖兜售那些珠宝。

"上好的翡翠，最纯的黄金，快来买呀，不好不要钱啊！"小矮人们吆喝着，争抢着把珠宝卖给刚走进城里的人。

罗西从来没有见到过什么地方有这么多的金银珠宝，在他的记忆中，这些东西哪怕是只拥有几小件，就足可以让村里的人们羡慕不已了，可是在这里，金银珠宝到处都是，仿佛是最平常的东西。他不由好奇地走进了一家珠宝店，想问一问这座古城的情况。房间里，一群小矮人正在挥汗如雨地打造一套金餐具，火红的炉火正在熊熊燃烧，他们把熔化了的金子按模子做成了最初的模样，就开始用刻刀精雕细刻，为餐具雕琢着精美的图案……

罗西走上去问那位看起来已经头发花白的小矮人老头："老伯伯，难道这里到处都是金银珠宝吗？"

小矮人老头抬起头来看了他一眼："是的，这里无论什么地方都有金银珠宝，但是，我们都不是这些金银珠宝的主人，我们只是一些制造珠宝的奴隶，珠宝真正的主人是金银城的城主艾特……"

"刷！"还不等小矮人老头说完话，一根很粗的鞭子就猛然抽了过来，紧接着，就是一个粗哑的声音吼叫了起来："不许说话！快给我干活！否则，你别想吃晚饭！我还会把你关在黑房子里！"

罗西回转头一看，是一个穿着黑衣的男子，他不是矮人，高大而肥壮，一个圆滚滚的肚子挺了出来，一张肥胖的脸油光锃亮，一双凸出来的眼睛显得凶神恶煞。他的手里握着一根鞭子，十根手指上暴突出十个镶嵌着宝石的戒指。胸前还挂着一根粗得像条巨蛇的金项链。

"喂，男孩，我是金银城的城主艾特，你是谁？来这里干什么？"黑衣男子凶狠地问道。

"艾特，他是我带来的人……"狄摩·达伦飘荡了过来，对着黑衣男子说。

那个自称艾特的黑衣男子一看到狄摩·达伦，立刻深深地鞠了一个躬："尊敬的黑魔头狄摩·达伦，您需要我做什么事吗？"

狄摩·达伦冷冷地看了一眼艾特："艾特，我需要带这个男孩到你的金库去看一看，如果你没有忘记你对我的承诺，那么你应该很清楚该怎样做！"

"哦，尊敬的狄摩·达伦，我马上就带你们去金银山。请跟我来……”艾特看起来十分害怕黑魔头，他又向狄摩·达伦敬了一个礼，就走在前面带路。

他们穿越过了无数条街，无数个小巷，走过无数个店铺门前，终于来到了一扇巨大的金门面前。这扇金门全都是用金子铸成的，金光闪烁，数百个小矮人手里紧握着刀剑守在门前。

小矮人们一见到狄摩·达伦和艾特，眼睛里都透露出害怕、惊惧的神色，数百个小矮人一齐深深鞠了一个躬，向两旁退去。

艾特带领着狄摩·达伦和罗西走到门前，口里念念有词地说道：“金银山，我是金银城的城主，打开你的金门，炫耀你的财富吧！”

“轰隆隆……”金门缓缓地打开了。

顿时，万道耀眼的金光迸射而出，晃得人眼花缭乱。只见金门里堆积着无数的金子和珠宝，如同一座座金山银山，焕发出万丈光芒！

罗西惊呆了！他从来没有见到过如此多的珍宝，金银山果然名符其实！

三个人走进了金门。

艾特把罗西和狄摩·达伦带到了一大堆宝石面前，这堆宝石有黄色的、蓝色的、紫色的、红色的、绿色的……金门里的四壁都建有火台，燃烧着熊熊烈焰，火红的火光与珍宝的光芒相互映照，更是灿烂无比！那些宝石焕发出缤纷的色彩，真是让人满眼生辉！

就在这时候，狄摩·达伦趁罗西不注意的时候，伸出手指，射出了一道幽暗的黑光，直击到罗西的身上。

罗西感觉到自己的心里有一种贪婪的欲望正在膨胀；他感到，在自己的内心深处，一个黑影正在扩散，企图吞没他；他感觉到那些珍宝闪耀的光芒是如此美妙，又如此充满诱惑。他想，不，他是非常想把这一切都据为己有，他不由自主地伸出了手，想去抓住那满地的珍宝……

这时候，艾特拿来了一个巨大的口袋，对罗西说：“只要你愿意，金银山里的珍宝，你想带走多少都由你，男孩，这可是一个难得的机会……”

罗西接过了口袋，伸出手去抓满地的珠宝，他的眼睛里闪射出疯狂的光芒，他已经开始在为这无数的珍宝而发狂了，他想得到这一切！不管不顾地得到这一切！他不断地把珍宝塞进口袋里，他不知道他为什么要这样做，在他的心里只有一个念头，他必须把这些珍宝抢到手里……

黑魔头狄摩·达伦站在一旁，脸上露出了一个狡黠而阴险的笑："罗西，你要得到这些东西，必须有一个条件……"

"什么条件？"罗西一下子愣住了。

"你必须先毁掉红石护身符，同意我把黑魔字刻在你的身上，成为我的仆人，那么这些珍宝才可能属于你……"狄摩·达伦阴森森地说。

"毁掉红石护身符？做你的仆人？"罗西迷惑地问道。

狄摩·达伦又暗暗地向罗西射来了一道黑色的电光，然而，与此同时，罗西的红石护身符也骤然迸发出无数道金光，将狄摩·达伦的黑色电光击成了碎片！同时，罗西感觉到刚才在他心里丧失掉的理智正在渐渐地回复过来，因为他知道红石护身符对于他来说意味着什么。

罗西放下了手里的珍宝……

"该死的红石护身符，又在坏我的好事！"狄摩·达伦恶狠狠地诅咒着，但是，转瞬间，他就露出了一个难看的笑容，"罗西，你好好想一想，这难道不是一个合算的交易吗？你将得到巨大的财富，那可能是别人一辈子都无法得到的……"

这时，红石护身符迸射出的金光环绕着罗西飞旋着，罗西感到一股温暖的力量正在自己的心里产生，使他越来越清醒……

罗西把珍宝扔到了一边，冷静地对狄摩·达伦说："不！我永远都不会为了这些财宝和你做交易！"说着，罗西转身大步地走出了金门。

顿时，这一切都消失了，罗西看到他和黑魔头已经站在了洞穴里的那道金色的门外。

黑魔头狄摩·达伦的脸色十分难看，但是，显然，他并不想放弃自己的目标，他知道罗西最经不住别人的激将法，他用那双阴郁的眼睛瞪着罗西说："男孩，你虽然战胜了第一道门的幻境，但是，第二道门的幻境你也许没有勇气去面对了吧……”

罗西果然中计了，他不服气地说：“那么，就让我们试试看吧！”

狄摩·达伦走到红门前低声地念叨着咒语：“都斯尔达，卡卡多洛……”

红门“噌”地弹开了，一下子把他们吸了进去。

一座巍峨挺拔的宫殿陡然呈现在他们面前！宫殿是用巨大的灰色方石垒砌而成的，十分高大，看起来威严森然，宫殿的大门门头上写着“权力之城”，城门的两旁站立着许多身穿铁制铠甲的士兵，他们的手里执着刀剑，神情看起来十分严肃。

狄摩·达伦飘荡到了大门前，挥了挥手里的一块金牌，士兵们立刻毕恭毕敬地让到了两旁。

罗西和狄摩·达伦走进了这座宫殿。

这真是一座金碧辉煌的宫殿。刚一走进大门，就是无数道弧形的穹门，旁边雕塑着无数的雕像，那些雕像栩栩如生，有美丽的女子，有威严的将军，有强壮的大臣……往前走，是无数根巨大的圆形石柱，石柱上雕刻着各种各样的图案，图案的花纹十分精细，看得出花了很大的工夫……再往前走，前面是一个长长的石阶梯，这些石阶梯都是汉白玉的，阶梯两旁的扶栏上面雕着无数的石狮和老虎，罗西和狄摩·达伦走上了石阶梯，就真正到了宫殿的正殿。

这是一个富丽堂皇的、巨大的大殿。大殿里有无数根红色的石柱，还有无数燃烧着的火台，地面是精致华美的纯羊毛地毯，踩上去十分柔软。大殿里早已聚集了许多人，都是身穿精美华服的大臣和将军们。在大殿的尽头，是一个精致却十分大气的宝座，这个宝座是由黄金铸成的，上面镶嵌着无数熠熠生辉的宝石，闪烁着灿烂的光芒。

大殿里的人们正在商量着该由谁来坐宝座。

“我认为这个宝座非我莫属，因为在这里我是最富有的。”

“没有一个人胜过我的剑，我是最勇猛的，只有我有权利坐上这个宝座。”

“我是你们中间最聪明的人，宝座应该属于有智慧的人。”

……

大臣和将军们吵吵嚷嚷着，谁也没有注意到罗西和狄摩·达伦走了进来。

狄摩·达伦对罗西说：“男孩，你看到了吧，所有的人都在争夺着这个宝座，只要坐上这个宝座，你就会想要什么就有什么，世界上没有你得不到的东西，如果你愿意，我可以帮助你……”狄摩·达伦又悄悄向罗西射出了一道黑色的电光。

罗西再一次感到一股强大的力量在他的身体里蹿跃，他身体里那些黑色的字符在跃跃欲试，在怂恿他：快去！快夺得这个宝座！

罗西感到黑暗的阴影再一次在自己的体内膨胀，与他的年纪不相称的权力的欲望就像涨潮的海水一样疯狂地袭击而来，他迈着大步，一步步越过那些正在争吵的大臣和将军们，向着宝座走去！

狄摩·达伦露出了奸笑，他得意地看着罗西走到了宝座前……

就在罗西在黑魔字疯狂的力量驱使下，即将坐上宝座的时候，狄摩·达伦发话了：“男孩，你必须和我做一个交易，这个宝座才会属于你……”

“什么交易？”罗西问道。

“只有你答应成为黑魔头的仆人，你才能得到这个宝座……”狄摩·达伦的声音阴沉而可怕。

这时候，所有的大臣和将军都停止了争吵，呆愣愣地看着黑魔头和罗西。

红石护身符再次散发出了美丽的金光，金光唤醒了罗西的本性，他感到自己的心灵并不是需要这些东西才能感觉到快乐和有意义，他再一次清醒了过来，罗西坚决地摇了摇头，说：“狄摩·达伦，我想告诉你的是，为了权力，我不会出卖自己，那样，我即使坐在这个宝座上，我仍然没有自由……”

“嗷——”狄摩·达伦发出一声嚎叫，“我又失败了！”

顿时，这一切又都消失了。

他们又重新站在了洞穴里，现在，三道门只剩下黑门没有进去了。

这一次，罗西主动提了出来：“狄摩·达伦，你的两道幻境之门诱惑我都没有成功，那么你的第三道门也让我见识一下吧。”

“好吧，男孩，不要得意得太早……”狄摩·达伦阴冷的声音在洞穴里回荡，他走到了黑门前，开始念出咒语：“斯多卡洛，西达尔多……”

黑门“噌”的一声打开了，又把他们吸了进去。

在他们面前陡然出现了一间奇形怪状的房子，形状就像一颗心脏，阴暗，潮湿，上面还挂满了蜘蛛网，积满了灰尘，破房子的门前竖起一块木牌，歪歪扭扭写着几个字：仇恨的心灵。

“男孩，跟我来，跟我走进这间充满仇恨的房子，你会看到你内心黑暗的力量，到时候，你就会明白，你完全可以加入黑暗力量的阵营，因为你就可以报仇雪恨了……”狄摩·达伦阴冷冷地说。

狄摩·达伦带着罗西走进了破房子里。破房子里弥漫着一股黑烟，隐隐约约地，罗西看到房间的正中放着一面积满灰尘的破镜子，罗西向破镜子走去，他用手擦拭着上面的灰尘，看到了镜中的自己。让他惊讶的是，镜中的自己慢慢地幻化成为了两个人，一个站在左边，一个站在右边，左边的罗西看起来很平和友好，而右边的罗西却怒气冲冲，满脸怨恨。

“难道你不想报仇吗？格塔斯一家遭遇到了这么多的不公平和不幸，你就无动于衷吗？”右边的罗西愤怒地质问左边的罗西。

左边的罗西沉思了一会儿说：“仇恨不是解决问题的方法，虽然我也很难过，可是，我不能把仇恨发泄在无辜的人身上。”

右边的罗西却开始大叫大嚷：“别人伤害了你，你就一定要回报！否则，你就是一个懦夫！”

左边的罗西说：“不，我知道这个世界上最有力量的不是仇恨，最有力量的是爱，因为只有爱才能拥有温暖的力量。”

狄摩·达伦听到这里，“哈哈哈哈”地狂笑起来：“男孩，你是说你不需要仇恨的力量，那么，如果你知道是别人害死了你的父母，你还会这样说吗？”

“什么？你说什么？你是说我的父母是被人害死的？”镜子前的罗西失声惊叫起来。

“是的，男孩，只要你归顺我，成为我的仆人，我就会帮助你复仇……”狄摩·达伦斜着眼睛看着罗西，冷冰冰地说。

“不可能！我的父母怎么会是被人害死的？”罗西不可置信地尖叫起来。

“男孩，我们来做一个交易，你答应做我的仆人，我将告诉你事实的真相，只要你帮我拿到魔书，我就帮你复仇……”狄摩·达伦的脸隐没在一片阴暗中。

罗西犹豫了，所有知情的人都在瞒着他，而对他的父母，更是从来没有人提起过。他早就想知道事情的真相了，可是，西莫多爷爷仿佛有所顾忌，从不主动在他面前提起他父母的事，这一切究竟是为什么？

狄摩·达伦一直在观察罗西的表情，他看出了罗西的犹豫，于是，在一旁怂恿他：“男孩，事情并不困难，只要你同意做我的仆人，真相你马上就知道了。”

罗西仍然在犹豫……

狄摩·达伦不耐烦了，他猛然伸出一根手指，向罗西射出一道黑色的电光，罗西感觉到那些身体里的黑色字符开始飞旋，蹿跃，黑色的阴影又开始弥散……

他开始向黑魔头狄摩·达伦伸出了手……

就在这千钧一发的时候，罗西的红石护身符放射出灿烂的金光和红光，这些光芒幻化为一只美丽的大鸟，仰天长鸣，猛然向罗西冲来，大鸟驮起罗西，拍打着翅膀飞快地飞了起来……

罗西看到大鸟钻出了洞穴，越过了森林里无数森森的暗影，向着“神秘书屋”飞去；而他，忽然感觉到很累很累了，他沉沉地睡去了……

第十二章 罗西的身世之谜

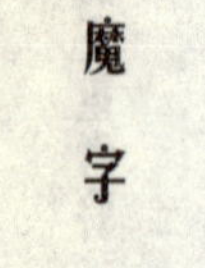

第二天，当罗西醒来的时候，他把自己遭遇到黑魔头狄摩·达伦的事告诉了西莫多爷爷和他的伙伴们。

“狄摩·达伦用了三重幻境来诱惑你，都没有达成他的阴谋，他一定不会放过你的。罗西，我想知道的是，当你在接受诱惑的时候，你有没有感觉到自己的弱点是什么？而这一切有没有被黑魔头发现？”西莫多爷爷担忧地问道。

“金银城和权力之城的诱惑我都能抵制，可是，在那间‘仇恨的心灵’的阴暗的房子里，当狄摩·达伦说到我的父母是被杀害的时候，我再也不能控制自己，要不是红石护身符幻化成为一只大鸟载走了我，也许我已经接受他的条件了……”罗西有些心神不宁地回答道，他仍然在为自己的身世迷惑：自己的父母究竟出了什么事？为什么会被人杀害？

“西莫多爷爷，请您告诉我，我的父母到底是为了什么被人杀害的！”罗西的语气很坚定，他的眼睛直视着西莫多爷爷，充满了愤怒和渴望。

“不！孩子，请你原谅我，我不能告诉你，要知道，黑魔头为什么急于想让你知道你的身世，他一定是有阴谋的，他想挑起你的仇恨，使你最终被他控制，而成为黑魔头的仆人……”西莫多爷爷的眼里是深深的忧虑。

“不！我不管这些！我只知道我的父母被杀害了，我有权力知道实情！”罗西愤怒地叫喊起来，而在这之前，他从来没有这

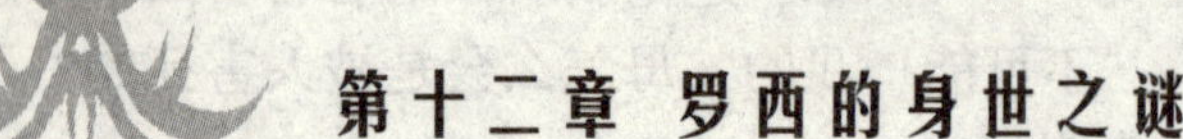

罗西和朋友们决定去寻找火精灵王国，可是，却一点头绪都没有。就在他们来到一个池塘的时候，突然看到一个美丽的女子正在表演水上开火莲花。这个名叫罗琳的女子能用火焰变幻出像莲花一样的花朵，奇幻而神秘。

样对西莫多爷爷说过话。

“罗西，我知道你很难过，但是，请你还是先要冷静下来，否则，我们就中了狄摩·达伦的奸计了。”小龙女蓝琦劝解罗西说。

“冷静？我怎么能冷静？我的父母被人杀害了，而我却毫不知情！要知道，那不是你的父母，你怎么能理解我现在的心情！”罗西忿恨不平地吼道。

阿布看着罗西发怒的样子，吓得目瞪口呆，他从来没有见过罗西如此地愤怒。

“咚咚咚！”有人敲门。

门打开了，是迪诺村长的仆人歪鼻子。歪鼻子贼头贼脑地扫视了一下屋子里，对西莫多爷爷说：“老村长，迪诺村长让我来请您去一趟。有要紧的事情要商量。”

西莫多爷爷走到罗西的面前，紧紧地拥抱着罗西：“亲爱的孩子，我理解你，可是，请记住西莫多爷爷的话，不要被仇恨蒙蔽了你的眼睛，那会使你迷失自己。我得先走了。”说着，西莫多爷爷走出了大门，歪鼻子跟在了他的身后。

“为什么所有人都瞒着我？如果我不知道事情的真相，我怎么可能平静得下来？”罗西的眼睛里喷射出愤怒的烈焰，他紧咬着嘴唇，鲜血从嘴角流了出来。

看到罗西这么痛苦，小龙女蓝琦也很难过，她凑到了罗西的耳边，轻声说：“你还记得无字书里的头像摩根吗？他不是知道一段秘史吗？上一次，正是他讲出了你的家族的事情，也许你父母的事情他也知道。你去问一问他吧。只是，这件事不要让西莫多爷爷知道。”

罗西豁然明朗：也许找头像摩根能弄清楚事情的真相。于是，罗西站了起来说：“我还有点事，我先回房间里去了。”

罗西回到房间里，拿出了那本无字书，这时候，无字书上的字已经渐渐隐去了，要唤出无字书中的头像摩根，必须再倒上显字魔液。罗西拿出了一个雕刻着精美图案的金瓶子，这正是猫眼女妖给的显字魔液，金瓶子里散发出袅袅的青烟，瓶子里装着一些金色的液体。

罗西把金色的显字魔液倒在了无字书上，那些金色的液体飞快地渗透进了无字书，无字书开始疾速地翻动起来，显字魔液旋转着，扭曲着，化成了一个个金色的字符，深深地烙刻在了无字书上。

无字书的封面上，渐渐地突现出几个金色的字符，那字符越来越清晰，最后，赫然显现出几个大字：一段秘史。

“摩根，你到底在哪里？我有事情要问你。”罗西对着无字书大声地喊道。

顿时，那些字符焕发出奇异的光芒，从书页上升腾起来，幻化为一种烟雾，烟雾缭绕着，旋转着，渐渐地幻化出一个只有上半身的头像。头像是一个老头，长像有一点滑稽，圆鼓鼓的鼻子，一双有点混浊的眼睛不断地扫视着周围，厚厚的嘴唇上面长着两撇八字胡，身上是一件破旧的红色制服。

“是谁在叫我？”头像摩根粗哑的嗓门吼叫着。

“是我，摩根，我有事情要问你。”罗西急切地说。

“哦，罗西，是你啊，你想问我什么呢？”摩根疑惑地问道。

“我想知道我父母的情况，有人对我说我的父母是被人害死的。”罗西说到这里，眼睛里涌出了泪水。

“孩子，我很想帮你，可是，这是一段秘史，是一个秘密，我不能轻易对别人说起的啊。”摩根为难地说。

“难道这个秘密也要对我保守吗？要知道，死去的是我的父母啊！”罗西不平地叫喊着。“这、这的确有道理，可、可是……”摩根还是在那里犹豫着。

“为什么你们所有人都要瞒着我？”罗西愤怒的吼叫声在屋子里回荡。

“孩子，别这样，我从来没有见过你这样愤怒，我可以想象你的痛苦，我该怎么样帮助你啊，要知道，你可是我弟弟的救命恩人啊……”摩根很为难。

“摩根，你要帮助我，让我知道我的父母是怎样死的！”罗西的语气很坚定。

摩根沉思了一会儿，说：“好吧，我实在不能拒绝你的要求，我也顾不了这么多了，你跟我来吧，我们一起进入到这本书里，你就会知道事情的真相了。”说着，摩根拉住了罗西的手，无字书飞快地翻动着，掀起了一股强烈的风，风席卷而来，罗西感觉到自己的脚底越来越轻，渐渐地，他就随着摩根飞进了书本里。

罗西感到风在他的耳旁呼啸着，他的头发被吹得飞舞起来，在他的身边掠过无数个神奇的金色字符，那些金色字符还在低声地窃窃私语着。

“太可怕了！这个男孩马上就要知道事情的真相了！”

“太悲惨了！我觉得他最好还是不要知道！”

“这真是一个悲剧啊！这个男孩会受不了的。”

……

罗西听着金色字符的低语，心里更坚定了：他一定要查清父母死亡的真相。

骤然间，风停止了呼啸，罗西感觉到他和摩根在往下降落，他睁大眼睛，惊讶地发现他们竟然来到了古怪镇。

“跟我来。”摩根牵着他的手，走向古怪镇一个最阴暗的角落。在那里，斜搭着一个歪歪扭扭的破房子，是用腐烂干枯的木头搭建的，潮湿而阴郁，散发出难闻的气味。房子里点着一盏破烂的小油灯，昏黄的灯光使房子显得更加阴森。

房子里站着一个人，他长着一个圆脑袋，身体很胖，一根细细的长脖子把两部分连接了起来，留着长长的头发，直垂到腰际，看起来怪模怪样的。

“天哪！这个人是基特……不，又好像不是，基特比他要老……”罗西狐疑地看着房间里的人。

摩根却轻轻地点了点头：“不，这个人的确是基特，这是在十二年前了……”

“你为什么要带我到十二年前？”罗西奇怪地问。

“只有这样，你才能亲眼看到事情的真相。”摩根的语气很沉重。

只见房子里的基特拿出了一件东西，他恭敬地把东西放到了桌子上，敬了一个礼。借着昏黄的灯光，罗西看清了那件东西，那是一块石头，上面刻着一个骷髅头，正是他在加那亚瀑布里曾经捡到过的骷髅圆石！

“啊！骷髅圆石！”罗西失声惊叫起来，他又连忙捂住了自己的嘴，害怕自己被基特发现。

“不要紧，我们这是进入到了十二年前的幻境，因此，所有的人都看不到我们。”摩根轻声地安慰着罗西。

只见一股袅袅的青烟从骷髅圆石上升腾而起，幻化出一个骷髅头，骷髅头兴奋地“嗷嗷”狂叫着，那尖叫声十分响亮，把那间破房子都震荡得摇晃起来。

基特吓得瑟瑟发抖，他结结巴巴地问：“骷髅，您、您要我为您做什么事情？”

骷髅冷冰冰地说：“基特，能捡到我是你的幸运，从此以后，你就不用住在这间破烂的房子里了，只要你顺从我，我可以给你很多东西，你将成为古怪镇最富有的人，只要你遵从我的意志，做我的仆人……”

基特立刻跪倒在地上：“尊贵的骷髅，您说吧，要怎样才能成为您的仆人？”

骷髅露出一个阴森森的笑容：“你要和我做一个交易，我用黑魔字把这个交易刻在你的身上，你就可以成为我的仆人了。基特，你愿意吗？”

基特忙不迭地说：“我愿意，我愿意……”

骷髅很满意地点了点头：“好吧，现在我们就签订这个交易。”

只见骷髅嘴里低声地念叨着：“黑魔字，快显出你的神力，来降服这个人吧，只有拥有他的帮助，我们才能实现我们的计划。”

“嗷——”骷髅猛然张大嘴，对着基特喷出了一股黑色的火焰，火焰燃烧着了基特的衣服，基特惊惶失措地扑打着自己身上的火焰，可是，火焰燃烧得越来越旺，不一会儿，就把他的衣服烧光了，露出了他的上身。

“很好，我们现在就开始签订交易。”骷髅阴冷的声音在屋子里回荡，只见它骤然张开嘴，从嘴里喷射出一些黑色的字符，这些黑色的字符闪烁着幽幽的暗光，随着一股强劲的风飘荡到了基特的身边，接着，这些黑色的字符就深深地烙印在了基特的身上。

陡然间，基特的眼里射出可怕的寒光，他的身上仿佛笼罩着阴暗而冰冷的光。

罗西看在眼里，不由得打了一个冷战，因为黑魔字的力量实在是太强大了，如果黑魔头最终拿到了黑魔字书，那么，他怀疑自己能否抵抗这么强有力的力量。

“好了，基特，你现在已经是我的仆人了。按我的吩咐去做你该做的事吧。”骷髅冷冷地说。

“尊贵的主人，您是说杀死格塔斯家族的后人？可是为什么呢？”基特问道。

听到这句话，罗西的心骤然缩紧了：难道基特要去杀死自己的亲人？

“是的，我要你去杀死格塔斯家族的后人，他们是我的死对头。本来二百多年前，我已经用计谋把他们都赶出了书虫儿村庄，可是，他们仍然还是要赶回来，他们将威胁着我的计划，只有毁掉这个家族的人，我才能实现我的阴谋。”骷髅阴郁的眼睛恶狠狠地圆睁着，充满了仇恨。

“尊贵的主人，我该怎么样找到他们？”基特颤声问道。

“格塔斯家族的人，这一次回来了四个人，他们是一对年轻的夫妇，一个老人和一个婴儿。年轻的男子名叫罗恩斯，他的妻子叫西曼，老人叫布莱克，婴儿叫罗西，多年来，他们在外面改换了名字，准备重新回到书虫儿村庄，因为他们知道，我还在禁地里，总有一天，我会重新出来，到时候，黑暗力量将重新扩张，世界将陷入一片混乱。所以，他们这次回来，就是准备到禁地里彻底毁掉那个禁闭了我的黑色魔瓶，如果他们回到了书虫儿村庄，那么，我，黑魔头，将因为被困在黑瓶子里而无能为力，只有被他们彻底地毁灭。而我，是不会让他们的计划轻易得逞的……”骷髅的语气充满了怨毒。

“主人，您的意思是说，我可以帮您？”基特脸色吓得苍白。

“是的，他们已经快要经过古怪镇的大路口了，现在，我要你马上赶到路边，把他们留在古怪镇里，用你的催眠术迷惑住他们。你只要说是书虫儿村庄村长西莫多让你来的，并把这块金牌拿给他们看，他们一定会相信你的。记住，一定要毁掉那个婴儿身上的护身符！”骷髅的语气很急切，接着一块金牌晃晃悠悠地飘到了基特的手里。

“遵命，我尊贵的主人。”基特鞠了一个躬，拿起那盏破烂的油灯就向着古怪镇的大路口走去。

“摩根，摩根！”罗西焦急地呼唤着头像摩根，“你听到了吗？他们要谋害我的父母，不，我必须去救他们！我一刻都不能耽搁了！”

头像摩根悲哀地看着罗西说：“孩子，你难道不知道吗？你这是在过去的幻境里，你只能看着一切的发生，而不可能去改变它们。”

“不！我不管！我一定要救出我的父母！”罗西叫喊着，紧跟着基特跑去，头像摩根也只好跟在了他的身后。

基特走到了古怪镇的大路口，站在那里守候着，这时候，不远处，果然走来了一对青年夫妇和一个老人，那个青年女人手里还抱着一个婴儿。

罗西急切地奔跑到他们的身边，大声喊叫着：“爷爷！爸爸！妈妈！你们快走呀！千万不要停留在这里，有人要谋害你们！你们快离开这里！那个基特不是好人！”

然而，罗西发现无论他吼叫的声音有多么大，他的心情有多么急切，他的父母和爷爷都根本听不到他在讲什么。他们仍然在往前走，往前走……

罗西不顾一切地挡在了他们的面前，他伸开了双臂，大声地喊叫着：“你们不许再往前走！那里有陷阱！”

然而，罗西的父母和爷爷就仿佛根本没有看见他，穿过了他的身体向前走去！

罗西焦急得去拉扯他们的手臂，然而，却仿佛拉住的只是一团空气。

基特这时候已经迎了上来：“朋友们，你们是远道而来的吧，书虫儿村庄村长西莫多派我来这里迎接你们。”

青年男子走上前来说：“你好，我叫罗恩斯，为什么西莫多村长没有在呢？”

基特眼睛骨碌一转，马上回答说：“他说村庄里有一点急事，让我先来接应一下。”

罗西急得手足无措，不停地挥手说：“不是的！他不是西莫多爷爷派来的！”

老人迎了上来说：“我叫布莱克，我和西莫多村长是老朋友了，他近来一切可好？”

基特定了定神说：“他一切都好，只是不知道是谁走漏了消息，说你们要回来，村庄里有人闹事，所以，他就让我来接应你们一下，希望你们先避一避。”说着，基特把那块金牌递到了布莱克的手里。

布莱克仔细地看了看金牌，肯定地对罗恩斯和西曼说：“这是西莫多的金牌，他可能真的遇到了一些麻烦，不能来接我们，我们就按他的安排办吧。”

罗西急得眼泪都涌出来了，他大声地尖叫着：“不要！不要！”

基特突然用他那柔和悦耳的声音说起了话：“你们是不是很累了？需不需要在这里休息一下？天色已经太晚了，你们就先休息一会儿吧，我会为你们准备好一切的……”

罗西知道，这是基特正在用他的催眠术，他看到他的爸爸和爷爷都开始显出一副疲惫不堪的样子，迷迷糊糊地想要睡去，只有他的妈妈西曼却没有变化。

“你们真的应该好好休息了……”基特的声音很动听，他的眼睛紧紧盯着罗西的父母和爷爷，似乎充满了关切。

罗恩斯和布莱克昏昏沉沉地倒下去睡着了……

罗西急切地摇晃着他们：“快醒来！快醒来！”然而，他们却仍然昏睡着，什么反应都没有。

“你是谁？你究竟要做什么？为什么你要对我们施行催眠术？”罗西惊喜地听到妈妈西曼厉声问基特。

“好啊，没想到我基特的催眠术对你竟然没有用！那么，我也就实话告诉你吧，我根本不是西莫多派来的，我是古怪镇的基特，我是遵从骷髅圆石的命令来取你们的性命的！”基特恶狠狠地说着，“噌”地拔出了宝剑向西曼刺去！

西曼灵巧地一闪身，躲过了刺来的利剑，顺势拔出了罗恩斯的蓝星宝剑，抵挡住了基特砍来的剑，并趁势向后飞跃出去。

基特仗剑步步紧逼，他看出西曼左手抱着婴儿，为了护住婴儿，她不断露出破绽，于是，基特挺剑直刺向西曼左手抱着的婴儿。果然，西曼大惊失色，急忙收回直刺基特右手的宝剑，急忙来护住怀里的婴儿。

基特看出了西曼的顾虑，于是，他刺出的剑总是直逼婴儿，西曼为了保护孩子，果然，被基特牵制住了。

眼看妈妈的情势危急，罗西拔出了蓝星宝剑，也直向基特进攻，然而，在这十二年前的幻境里，罗西并不是一个真实存在的人，因此，他感觉到自己根本无能为力！

西曼决定冒险一击，她仗剑直逼基特持剑的右手，然而，基特却根本并不保护他的右手，而是把剑直刺向婴儿。西曼只得收回手，来保护怀里的婴儿，这时，基特乘势出剑，一剑直刺向西曼的胸口……

西曼的情况万分危急……

“危险！妈妈！”罗西急得失声尖叫，眼泪顺着脸庞滑落下来……

“当！”无数道金光骤然间迸射而出，只见一根金杖挡开了基特的宝剑。一位头发银白的老人站在了他们的面前——他正是村长西莫多！

“西莫多，你最好不要坏我的事，否则，我会跟你没完！”基特恶狠狠地叫嚣着。

“你是谁？为什么要攻击他们？”西莫多爷爷厉声问道。

“你管不着我是谁！我只是遵从我主人的命令……”基特的声音充满了仇恨。

“你的主人是谁？”西莫多爷爷威严地逼视着基特。

“我就是他的主人……”一个阴森森的声音在他们的身后响起，一个硕大的骷髅头飘荡了过来，骷髅眼里闪射着寒光，“西莫多，我劝你不要与我为敌……”

西莫多爷爷并不惧怕，他挺身而出：“他们是书虫儿村庄的人，我作为书虫儿村庄的村长，当然要保护他们的安危！”

“哈哈哈哈！你明明知道他们是格塔斯家族的后人，而这个家族在传说中会给村庄带来灾难，你却还是允许他们回到村庄，这是一个村长的作为吗？”骷髅阴阳怪气地说着，骤然间，从它的嘴里喷射出一股黑色的烟雾和一阵狂风，风起云涌，席卷而来，形成了一个巨大的漩涡，想要把罗西的父母和爷爷卷走……

罗西的妈妈西曼顶着狂风，来到西莫多爷爷面前，把罗西交给西莫多爷爷：“请您帮我们照顾好他，这个护身符会保护这孩子的……”说着，她用蓝星宝剑刺破了自己的手，鲜血流淌在了护身符上，护身符上那块石头被鲜血浸染着，顿时放射出万丈光芒！

一阵狂风袭来，西曼被卷进了漩涡，消失了……

狂风又要卷走昏睡的罗恩斯和布莱克，西莫多爷爷放下婴儿，扑进漩涡，奋力抓住了布莱克，但是，漩涡还是吞没了罗恩斯，罗恩斯消失了……

骷髅发出一阵狰狞的狂笑，对基特说：“把那个护身符毁了！”

基特冲向婴儿，想抢走婴儿身上戴着的护身符，可是，他的手刚碰到那块红石，顿时，红石放射出无数道灿烂的金光和红光，如同千万把利剑，直刺向基特和骷髅！

“啊！”基特和骷髅发出一阵尖叫，转眼间也消失了！

“爸爸！妈妈！”罗西惊叫着，泪如泉涌！

“呜——呜——”一阵狂风呼啸着把罗西卷起，他感觉到自己在不断地旋转，飞升，下降……最后，当他睁开泪眼蒙眬的双眼时，发现自己已经站在了神秘书屋的房间里了，而头像摩根就在他的身边。

“摩根！”罗西痛哭着扑向了头像摩根，“我的父母就这样消失了吗？”

摩根轻轻地摇了摇头：“不，骷髅把你的父母抓去后，基特把他们杀害了。”

“摩根！”罗西痛苦地把头深深地埋了下去，不让人看到他满脸的泪水。

“孩子，我真后悔带你去看了这一幕，这实在是太残酷了！”头像摩根也伤心地流下了眼泪，“但是，我想告诉你的是，你的父母当时是为了对付黑魔头才不顾危险回到书虫儿村庄的，我希望你也能勇敢起来，去完成他们未能完成的心愿。”

罗西眼含着泪水，紧紧握住了摩根的双手：“我一定会为他们达成心愿的！但是我也一定要找到基特报仇！”

头像摩根的眼里充满了深深的忧虑……

第十三章 黑魔字书

自从欢迎古怪镇的盛大宴会后，古怪镇的来客就住在了书虫儿村庄的“恐怖书屋”，村民们因此得到了大量的金币，表面上，生活又逐渐恢复了平静，可是，谁都不知道，一个阴谋正在秘密地进行着……

村庄里有一股暗流正在涌动……

果然，渐渐地，有一种传言正在悄悄地四处流传，这个传言是关于一本书的，据说，在村庄里有一本写有黑魔字的书。在传说中，这本书是一本神奇的书，传言说，这本书上面写有的黑魔字具有十分强大的魔力，如果谁得到这本书，就能拥有强大的魔力，并且能因此得到金钱、权势和地位。

这个传言如同风一样，迅速地传遍了整个村庄，村庄里的人们都在悄悄地谈论着这本书。

这一天，罗西和小龙女蓝琦经过了村庄广场旁的一片树林，发现那里有一群村民聚集着，他们紧紧地围成一团，似乎在秘密地议论着什么。风声把他们的谈话内容不时地吹进了罗西和小龙女的耳边：“黑魔字书……强大的力量……还会有很多的钱……”

小龙女蓝琦听到了这些话，不由眉头一皱，她把罗西拉到了一边：“你知道吗？最近村庄里流传着有关黑魔字书的流言，不知道这个流言是由谁传出来的，我们必须查清楚。走，我们过去看看。”

罗西和小龙女闪身躲在了一棵大树后，想听一听村民们究竟在说些什么。

“据说，黑魔字是一种具有强大魔力的字，因此，那本黑魔字书就具有十分强有力的魔力。”护林人柯里鬼鬼祟祟地看了看周围说。

“是啊，我听说这本书就在我们村庄里，不知道究竟藏在哪里。”厨师巴多也神神秘秘地说。

花匠霍斯伯伯的眉头皱了起来：“你们说，如果我们谁得到这本书，那岂不是要发大财了。”

“是的，我听说那些古怪镇的来客正在四处寻找这本书，他们承诺如果谁找到这本书，一定会付给他一大笔钱，而且还有无数珍贵的珠宝！”柯里说到这里时，眼睛里闪着贪婪的光芒。

“我相信他们会做到的，你们看看，为了住进我们的村庄，古怪镇的来客多么慷慨啊，每个人三百个金币，天哪！我一辈子都没有见到过这么多的钱！所以，我想，如果谁为他们找到这本黑魔字书，那么得到的回报一定更加丰厚！”霍斯伯伯惊叹道。

“什么？你们是说古怪镇的来客正在找这本黑魔字书？”迪诺村长的仆人歪鼻子瞪大了眼睛问道。

“当然，据最可靠的消息，他们可以由得到黑魔字书的人开口提条件，要多少金银财宝都由他。”柯里说。

“哈哈哈哈！太好了！”歪鼻子仰天狂笑起来。

“什么太好了？难道你有黑魔字书的消息？”众人齐声惊异地问道。

歪鼻子的眼睛骨碌一转，露出了一个狡黠的笑：“没有！我只是想，无论谁找到这本书，都会发大财，这可真是一件大好事啊！”

“是啊，是啊……”众人随声附和着说，随后，他们纷纷分散开，朝着自己的家里走去。

躲在大树后的罗西和小龙女蓝琦听到这一番话，十分惊讶。

“罗西，这些流言是从何而来？为什么村民们会知道黑魔字书在村庄里？”小龙女蓝琦一边踱来踱去，一边若有所思地问。

“而且为什么古怪镇的来客会想找到这本黑魔字书？”罗西

也十分疑惑。

“慢着！我知道了，古怪镇的来客果然是另有居心，他们之所以拿出那么多金币来换得村民同意修改村规，根本不是为了所谓的友谊；他们真正的目的已经暴露无遗，那就是他们得知黑魔字书在村庄的线索后，他们千方百计地想得到黑魔字书！”小龙女蓝琦一副恍然大悟的样子。

“糟糕！如果真是这样的话，桑多斯的情况就很危险了！他带着那本黑魔字书，一定会成为古怪镇的来客追杀的对象！”罗西焦虑地说。

“先不用着急。”小龙女蓝琦镇静地安慰罗西，“我想他们目前暂时还不知道黑魔字书在桑多斯的手里，否则，他们也不用那么费心地把消息散播开，想借村民帮他们找出这本书。所以说，现在，桑多斯还是安全的，只是，我们也必须马上行动起来，找到桑多斯。”

“好！我们快些回去，赶快叫上娜莎和阿布，让他们也一起去找桑多斯！”罗西急切地说。

罗西和小龙女没有想到，此时此刻，桑多斯就在离村庄不远的地方。这是村庄旁一个隐蔽的地洞，浓密的野草遮蔽住了洞口，桑多斯就一个人躲在这个地洞里。

连续好几天在外面流浪，桑多斯看起来十分疲惫，也非常憔悴。他放下背上背着的包袱，拿出了里面的水晶球，水晶球猛然迸射出无数道明亮耀眼的银光，把地洞里照得一片雪亮。

桑多斯紧皱着眉头，看起来惆怅不已，他对着水晶球无奈地叹息道：“水晶球，只有你是我最好的伙伴，你不会要求我做不情愿的事……”

水晶球里响起一个清亮悦耳的声音：“不对，你有很多好朋友的，比如罗西、小龙女、娜莎、阿布……”

桑多斯既忧伤又恼怒地说：“不！他们已经不是我的朋友了！他们竟然要求我毁掉我带在身上三百多年的书本，还说我的书上写着的全是黑魔字，充满了邪恶，最终会危害到罗西和整个村庄！而且，就是因为他们追着要我把这本所谓的黑魔字书毁掉，才弄得我没有参加村庄里的宴会，要知道，每一个同意修改

村规的人都得到了三百枚金币！都怨他们，害得我连发财的机会都没有了！”桑多斯气得吹胡子瞪眼睛。

水晶球里的声音又再次响起：“桑多斯，如果我没有猜错的话，你一定又有新想法了！你绝不会错失掉那三百枚金币……”

桑多斯脸刷地一下红了：“水晶球，你真是了解我……我已经打听清楚了，那些来自古怪镇的来客就住在书虫儿村庄的‘恐怖书屋’里，我没有拿到我应得的那份金币，这是不公平的。要知道，如果能得到那三百枚金币，我也一定会同意修改村规的，所以，我要到那里去，拿回属于我的东西……”

“那样会很危险的，要知道他们可是来自古怪镇的居民，你难道不害怕吗？”水晶球里的声音问道。

“我顾不了这么多了，反正，我拿的是属于我的金币，多一枚金币我也不会拿，我只是去拿回那三百枚金币……”桑多斯喋喋不休地念叨着，就向着洞口走去，他钻出了狭窄的洞口，向着“恐怖书屋”走去。

“恐怖书屋”在一个偏僻的角落，桑多斯找了许久，才找到那里。

“恐怖书屋”真是名符其实啊，桑多斯一看到那幢摇摇欲坠的书屋，心里就直发怵，他看到浓密的野草几乎包围住了书屋，书屋上积满灰尘，还到处布满了乱糟糟的蜘蛛网。这幢书屋看起来破败不堪，肮脏而阴暗，而每个房间就好像一个深深的地洞……

“真可怕呀……怎么会住在这里……这三百枚金币可真不好拿啊……”桑多斯颤抖着走向书屋。

书屋里静悄悄的，一片死寂。

桑多斯蹑手蹑脚地走进了书屋里，他找到了一个最大的地洞，看起来这是一间客厅，桑多斯立刻就在房间里翻找起金币来。他解开一个大麻袋，结果发现麻袋里装着的是一些死老鼠；他又打开了一个大铁箱子，里面却只是一些奇形怪状的石头；最后，他打开了一个大柜子，结果发现里面只装着一些破破烂烂的坛子……

什么值钱的东西也没有找到，桑多斯太绝望了，他气得一屁股坐在了地上……

然而，就在这时候，他听到了书屋外传来了一阵阵“沙沙沙”的脚步声……

有人回来了。

桑多斯吓了一跳，他立刻钻进了大柜子里，关上柜门，躲藏了起来。

脚步声越来越近了，杂乱而纷繁，听起来，来了很多人，桑多斯从柜子的门缝里看出去，看到一大群穿着黑袍的面具人依次走了进来。因为这些黑衣人都戴着一个面具，因此，看不到他们的脸，但是，他们每一个人的眼睛都十分阴郁，让人看了心惊肉跳……

桑多斯感觉到自己的心紧张得“怦怦怦”地直跳。

为首的黑衣人冷冷地扫视着所有的面具人，说：“我想知道你们事情办得怎么样了？”

一个高大的面具人回答说：“首领基卡，我们早已经把黑魔字书的消息散发出去了，我们让那些愚蠢的村民知道了，在他们的村庄里面有一本具有强大魔力的书，只要他们找到，送过来给我们，那么我们就会让他们得到大量的财宝。经过那次盛大的宴会，他们得到了那么多的金币，书虫儿村庄的村民都快疯狂了，现在，在他们的眼里只有黑魔字书，因为，对于他们来说，那就意味着无数的金钱……”

“巴克，干得不错。”基卡冷冰冰地说。

另一个老女人的声音响了起来：“首领基卡，我们为什么一定要找到这本黑魔字书？其实……”

基卡打断了老女人的话：“杰西卡，我想要告诉你的是，如果你不想参与找这本黑魔字书，我的主人一定会惩罚你的！黑魔字书将能帮助主人实现他的计划，他要让那个男孩罗西也加入黑暗阵营，才能得到那本统领天下的魔书。要知道，那个男孩内心的力量太强大了，以主人现在的魔力，他只能控制那些内心充满邪恶的人，对这个男孩却无能为力，而那本黑魔字书的字符将会控制那个男孩。”

听到这里，大柜子里的桑多斯惊讶地瞪大了眼睛，他一直以为是罗西、皮卡和小龙女胡乱猜测的，没想到，这一切都是真实的！

“那么，那本黑魔字书有没有新的线索了？”基卡又恢复了他冷漠的声音。

“首领，虽然现在还没有什么线索，可是，我相信不久以后事情的真相就会暴露出来，因为这个村庄的人已经为这本书疯狂了，他们一定会掘地三尺，把这本书找出来，到时候，我们就可以轻而易举地得到这本书了……”另一个头上装饰着黑色乌鸦羽毛的男子低声说。

“好了，你们要明白，我花了那么多的钱把你们都弄到这里来，建立了这个邪恶者同盟，目的只有一个，就是为了效忠我的主人。至于你们的身份，你们都不要暴露出去，在外面，你们都必须戴着面具，只有回到‘恐怖书屋’，你们才能取下你们的面具，我想你们也累了，都回去休息吧！”基卡不耐烦地挥了挥手。

穿黑衣的面具人们纷纷取下了面具，只有基卡的面具没有摘下来……

桑多斯透过柜子的缝隙看过去，差点惊讶地尖叫起来：天哪！他看到了什么啊！那个叫巴克的面具人，正是在石头城里把黑色十字架交给他们，使得黑十字架唤醒了石妖斯克勃，害得他们被石像追杀的巴克里爷爷；那个叫杰西卡的老女人，正是做了很多好吃却有毒的饭菜，想把他们变成癞蛤蟆，最终却被变成了木偶的杰西；而那个蒙着一只眼睛，身上披着黑色的乌鸦羽衣的人，不正是罗西和他说起过的“祭神鸟国”的鸦羽人特迪吗？……

桑多斯感觉到自己的心脏都快要迸裂了，原来，古怪镇的居民来与书虫儿村庄交好，都是有阴谋诡计的，他们妄图找到黑魔字书，把罗西也拉入黑暗的阵营！

桑多斯紧张得一直在发抖，尽管他告诉自己千万不能害怕，可是，他还是害怕得喘不过气来了……

面具人纷纷回到属于他们的地洞里去了。

桑多斯悄悄地从大柜子里钻了出来，轻手轻脚地逃离了“恐怖书屋”……

“恐怖书屋”外面阳光灿烂，可是，桑多斯却一直冷得直打哆嗦，他真的不知道该怎么办了。

要不要去告诉罗西他们面具人的阴谋？可是，如果去了，那么自己身上带着的那本书就会被他们要求毁掉，桑多斯现在也可以肯定了，自己身上带着的就是一本黑魔字书，就是邪恶者同盟千方百计要找到的具有强大魔力的书！而这本书很可能会毁了罗西！可是，如果要让他毁掉自己带在身边三百多年的书，他却又根本不愿意。

“我究竟该怎么办？我究竟该怎么办？”桑多斯反反复复地问自己，他的心里充满了矛盾，只感到手足无措。

不知不觉间，迷茫不已的桑多斯已经走到了迪诺村长的书屋前。

“哎呀，这不是桑多斯吗？我可是好久没有见到你了！”一个尖厉刺耳的声音响了起来，接着，只看到歪鼻子从楼梯上冲下来，一把抓住了桑多斯。

“你要干什么？”桑多斯充满厌恶地看着歪鼻子。

“亲爱的朋友，我们都是迪诺村长家里的人，何必把大家的关系弄得那么僵呢？我好几天没有见到你，真的还是挺想念你的，你最近过得好吗？”歪鼻子勉强地挤出了一个笑容。

“不好。”桑多斯苦恼地说。

“哦，不用说那么多了，要不，我们到饿死鬼酒馆里去喝点酒，你看起来心事重重，你一定得放松一下，要知道，美食和好酒可是解忧的良药。”歪鼻子异常热情地邀请桑多斯。

桑多斯好几天流浪在外，一直都没有吃好，一听说有好酒美食，立刻就答应了。

饿死鬼酒馆里，歪鼻子砸出了好多金币，买下了很多好吃的，堆放在了桌子上：一只焦黄的烤鸡，一只喷香的烧鹅，还有用盘子堆尖的芝麻烤饼，奶油蛋糕，煎得嫩嫩的鸡蛋……

桑多斯不顾一切地冲到了桌子前，开始狼吞虎咽地吃了起来。

“桑多斯，你有没有听说过，村庄里近来流传的一个传言，是关于一本黑魔字书的……”歪鼻子看着桑多斯吃得正欢，装作不经意的样子问道。

“什么？你说什么？你是在说一本黑魔字的书吗？”桑多斯一下子尖叫起来，引得酒馆里的人纷纷向他们投来好奇的目光。

桑多斯立刻警惕地放下了手里的鸡腿，对歪鼻子说：“我不知道你在说什么！关于那本什么黑魔字书，我一点也不知道！”说着，桑多斯拿着包袱站起身想走。

歪鼻子看到自己太心急，引起了桑多斯的警觉，他的脸上立刻堆起了一个难看的笑容：“桑多斯，我亲爱的朋友，你不要急着走嘛，我只不过是想宴请一下老朋友，并没有别的意思，你不要想得太多。”说着，歪鼻子就站起来，重新把桑多斯拉到了饭桌前。

歪鼻子把一瓶醇香的美酒放到了桑多斯的面前，说：“这可是百年的佳酿，你要是不喝就可惜了。”

一阵阵浓郁的酒香从瓶子里散发出来，引得人垂涎欲滴……

桑多斯闻到酒香，一下子扑到了酒瓶前：“真是好酒！你真的打算请我喝吗？”

歪鼻子露出了一个阴险的笑容：“这么好的酒，我只舍得给我最好的朋友，桑多斯，你尽情地喝吧！”说着，把酒瓶塞到了桑多斯的手里。

桑多斯拿起酒瓶，“咕嘟咕嘟”就往嘴里倒……

只不过一小会儿，桑多斯就喝下了好几瓶酒，他感到自己头重脚轻，脚轻飘飘的，好像有些站立不稳了，他觉得一切都在旋转，而坐在他对面的歪鼻子也变得越来越模糊……

“我好像喝醉了……”桑多斯醉醺醺地说。

“不，你只不过喝了一点点，来，再来几瓶！”歪鼻子一个劲地劝桑多斯再多喝一些。

已经迷迷糊糊的桑多斯又连着喝了好几瓶……

歪鼻子看到桑多斯已经醉得很厉害了，就凑到他面前问：“关于那本黑魔字书……”

桑多斯努力想睁大眼睛，却醉眼蒙眬：“又是那本黑魔字书……是的，它的确是在我的手上……可是，我并不想毁掉它……但是，我也不想害罗西……我真不知道该怎么办了……现在，我真的很矛盾……”

歪鼻子听到桑多斯这样说，眼里闪射出一道贪婪的寒光：“你说什么？黑魔字书真的在你的手上？那它现在到底在哪里？”

桑多斯迷糊地说：“黑魔字书在我手上……但是，我把它藏起来了……”说完，“扑通”一下倒在了桌子上，呼呼入睡了。

“哈哈哈哈！太好了！我就要发财了，如果我把黑魔字书的踪迹告诉古怪镇的来客，他们一定会答应我的条件，到时候，我想要金子就有金子，想要宝石就有宝石了！我将要发大财了！”歪鼻子狂笑起来。

桑多斯却还在昏睡着，一点都不知道发生了什么……

夜晚，一个黑影子来到了“恐怖书屋”面前，急切地敲着房门。

一个黑衣面具人点着油灯走了出来，打开了那扇后来勉强装上去的破门，在油灯昏暗的灯光下，可以看出来人正是歪鼻子。

“你找我们有什么事？”面具人问道。

“我要见你们的首领，我有重要的情况要向他禀报！”歪鼻子急切地说。

“让他进来！”基卡阴郁的声音从书屋里传了出来。

歪鼻子跟在面具人的后面，胆战心惊地走了进去：“古怪镇尊贵的来宾，我将要告诉您一个重要的消息，是关于那本黑魔字书的……”

“什么消息？”基卡一下子从椅子上跳了起来，他的身旁，站立着其他的黑衣面具人。

“那本黑魔字书在水晶球小妖桑多斯的手里。”歪鼻子挤出一脸讨好的笑容，“我知道，我告诉你们这个情报，你们一定会付给我丰厚的报酬的，是吗？”

“是的，歪鼻子，如果你说的情况属实，那么，你将得到丰厚的奖赏；但是，如果你说的一切是假的，那么你将会受到最严厉的惩罚！”基卡的声音十分冷酷。

“我所说的都是真的，我用酒把桑多斯灌醉了，他就告诉我，他拿着那本黑魔字书，还说，罗西他们要毁掉这本书，但是，他不答应……”歪鼻子看着基卡阴森的面具，感到背脊都是凉的。

“桑多斯现在在哪里？”基卡怪声怪气地问。

“他在饿死鬼酒馆里，我把他灌醉了，也许他还在昏睡着呢！”歪鼻子觉得自己很聪明，有些洋洋得意地说。

基卡的眼里骤然闪过一道寒光：“面具人们，我们立刻行动，去饿死鬼酒馆！”

还不等歪鼻子反应过来，他就看到所有的黑衣面具人拿着手里的魔杖，飞快地走出了书屋，向着饿死鬼酒馆奔去……

饿死鬼酒馆里，一阵阵的冷风直吹进酒馆里，使得醉醺醺的桑多斯渐渐地清醒过来。

桑多斯睁开眼睛，从桌子上爬起来，他感到自己头疼得厉害，他左右张望，才发现自己刚才昏睡在一个酒馆里。他努力地回想，才想起自己刚才遇到了歪鼻子，歪鼻子请他喝酒……歪鼻子对他很热情……对了，歪鼻子还问到了黑魔字书，而自己迷迷糊糊之间，好像告诉了他黑魔字书在自己的手上！

桑多斯一下子被吓得酒醒了：如果歪鼻子知道了黑魔字书在他的手上，那么意味着他的情况很危险！

桑多斯提起他装有水晶球的包袱，就想往外面走……

然而，他愣住了，在酒馆的门外，一字排列地站立着十二个穿着黑衣的面具人，他们的眼里闪射着冰冷的寒光，就如同一把把利剑直刺向他的身上！

“你们要干什么？”桑多斯颤声问道。

“快把黑魔字书交出来！”为首的黑衣人基卡阴森森地说。

“你们在说什么？黑什么书？我怎么全都不知道……你们别挡着我的道，我得回家去了……”桑多斯尽量装出一副不知情的样子，想从酒馆里走出去。

“噌！”所有的黑衣面具人都拔出了魔杖，直指向他。

桑多斯感觉到自己的心脏都快停止跳动了，他暗暗对自己说：千万不能把黑魔字书的踪迹透露出来，否则，罗西的情况就会很危险，而这些黑衣人的阴谋也就会得逞了！这一刻，他的心里充满了后悔，为什么自己会那么自私，明明知道朋友们说的都是真话，却怎么也不接受，不愿意把那本黑魔字书拿出来，而且，还很愚蠢地把消息透露了出去……

“我再说一遍，快把黑魔字书交出来！”基卡的声音已经充满了恼怒。

“哦，朋友们，可能你们对我有一点小误会，那本黑魔字书根本不在我的身上……”桑多斯左右张望着，想找一个可以逃跑的地方。

黑衣面具人们阴冷冷地站立在酒馆的门口，把酒馆里的客人们都吓得惊惶失措地逃出了酒馆，就连酒馆老板也吓得缩到了角落里。

“噗！”黑衣人基卡的魔杖里射出一道幽暗的黑光，黑光直击到桑多斯面前的桌子上，“轰隆隆”，桌椅立刻被黑光击得四分五裂，成为碎片，纷纷落在了桑多斯的脚面前。

“如果不把黑魔字书交出来，这就是你的下场！”基卡恶狠狠地说。

“不！我根本没有什么黑魔字书……”桑多斯极力装作自己毫不知情的模样，并且伺机准备逃跑。

“面具人们，给他点颜色看看！”基卡一挥魔杖说。

十二个黑衣面具人都把魔杖指向了桑多斯，“噗噗噗——”魔杖里纷纷喷射出各种颜色的电光，直击向桑多斯！

桑多斯大吃一惊，就地一滚，向后面躲去，只见黑衣面具人的电光击在地面上，“轰隆”一声巨响，地面被击出一个巨大的坑！

桑多斯吓得出了一身冷汗……

黑衣面具人们并不打算轻易地饶过桑多斯，“噗噗噗——”电光紧追着桑多斯，桑多斯左躲右闪，他藏在酒柜后，“噗！”电光射到，酒柜立刻成为碎片；他躲到了一张石桌后面，“轰”的一声巨响，电光射到，石桌立刻灰飞烟灭；他用一把椅子挡在自己身前，“咔嚓”一声响，椅子被击成了两半……

顿时间，酒馆里尘土飞扬，残片乱飞，酒馆老板尖声叫着：

"哎呀！救命呀！我的东西都被砸坏了！救命呀！"

桑多斯东躲西藏，黑衣面具人们的电光紧紧追踪而来，不一会儿，他就累得气喘吁吁了，桑多斯一边跑一边叫："停下来，快停下来，大家有话好好说……"

黑衣面具人们涌进了酒馆，向桑多斯步步紧逼，不一会儿，就把桑多斯逼到了一个角落里，十二个黑衣面具人团团围住了桑多斯！

桑多斯吓得脸色苍白，嘴唇直哆嗦……

十二根魔杖都指向了桑多斯，他已经无处可逃……

"快把黑魔字书交出来！否则，你就只有死路一条！"黑衣面具人们眼露凶光。

桑多斯闭起了眼睛，顿时，他的脑海里立刻有了一个主意："我是有一本书，但是，我不知道是不是黑魔字书，要不，我拿出来给你们看一看，怎么样？"

基卡冷冷地点了点头。

桑多斯煞有介事地打开包袱，拿出了水晶球，他高喊道：**"我上能摸到天，下能钻入地，阿卡阿卡哒哒哒，神奇水晶球显魔力！"**接着，他用手不停地摩擦着水晶球，嘴里喃喃地念叨着一些咒语："阿玛阿布洛——地奇里——斯卡萨——"

骤然间，水晶球里放射出一道道明亮耀眼的白光，晃得人眼睛都睁不开了……

"水晶球，带我离开这里！"桑多斯大声地喊道。

水晶球里的白光一下子把桑多斯吸了进去，紧接着，水晶球猛然腾空而起，"嗖"地掠过黑衣面具人们的头顶，向着酒馆外飞去，消失在了茫茫的夜色中……

黑衣面具人恼怒地追出了酒馆，却再也找不到水晶球和桑多斯的影子……

第十四章　蛇国探谜

水晶球载着桑多斯在深浓的夜色中飞行。

桑多斯在水晶球里不停地颤抖，一想到刚才来追杀他的黑衣面具人，他就感到深深的恐惧。

水晶球一直在飞翔，飞向书虫儿村庄的神秘书屋。经过了那么多事后，桑多斯终于明白了谁是他真正的朋友，也意识到了要粉碎黑衣面具人的阴谋，就必须和自己的伙伴们联手，才能够真正解救村庄和世界。

“轰！”水晶球撞开了罗西的窗户，落在了罗西的房间里。

“是谁？”罗西从睡梦中惊醒过来，惊讶地问道。

“哗！”一道白光骤然闪过，桑多斯从白光里走了出来：“是我。”

“桑多斯，太好了！你终于回来了！你不知道，我们有多担心你！”罗西激动地冲上前去，紧紧抱住了桑多斯。

“都是我不好，我太自私了，还让你们为我担忧……”桑多斯不好意思地说，“赶快把大家都叫醒，我有重要的事情要告诉大家。”

罗西看到桑多斯神色紧张，急忙点亮了灯火，去把大家都叫醒了，所有人都聚集在了客厅。

“怎么回事？”大家异口同声地问桑多斯。

“古怪镇的来客有可怕的阴谋，他们自称为邪恶者同盟，他们来书虫儿村庄根本不是为了所谓的友谊，他们是得知线索，听说黑魔字书在书虫儿村庄，所以，他们不惜花那么多金子住到村庄里来。而且更出人意料的是，我看到了他们取下面具的样子，这十二个面具人里，竟然有几个是我们以前遇到的敌人……”桑多斯急切地说。

“是谁？”大家都惊讶地问道。

“有鸦羽人特迪，他现在叫特迪尔；还有我们去石头城的时候，把黑色十字架给我们的巴克里，他现在叫做巴克；做有毒的美食想把我们变成癞蛤蟆的杰西，她现在叫杰西卡；另外，还有一些身份不清楚，但是看起来十分邪恶的家伙……”桑多斯一口气没歇地把看到的事情都讲了一遍，包括他遇到歪鼻子，被歪鼻子灌醉，说出了黑魔字书的事情，以及黑衣面具人追杀他，要他交出黑魔字书的事情。

西莫多爷爷听到这些话，脸色十分凝重：“桑多斯，如果事情真的是这样，那么，你和罗西的处境就十分危险了。因为这些黑衣面具人不会轻易善罢甘休的。”

“我终于明白了，这本黑魔字书如果继续留在我的手里，就会给罗西和所有人带来危险，所以，现在，我同意毁掉这本黑魔字书！”桑多斯斩钉截铁地说。

小龙女蓝琦听到这里，脸上才露出了笑容：“桑多斯，我还以为你一直不会同意呢！那就让我们为难了，不过，即使你不同意，我小龙女也会想办法从你手里拿走黑魔字书的，现在，可省事多了……”说完，小龙女挥舞着金鞭，金鞭轻轻地拍了拍桑多斯，算是表示友好。

“那么我们现在该怎么？”娜莎焦虑地问。

“我们必须马上行动，不能再拖了，否则，就是给敌人机会。”小龙女蓝琦若有所思地说，“罗西身上的黑魔字是树精王国的奥多爷爷输入的，也许他能先帮罗西除去身上的黑魔字的邪恶魔力……”

“你的意思是我们先去树精王国？”娜莎反问道。

“这个主意不错。”罗西点了点头，赞同地说，“我也感觉到了，黑魔字在我身上的力量越来越强大，特别是黑魔头狄摩·达伦在唤醒它们的时候，我几乎不能控制住我自己，如果再这样下去，我不知道自己最终会不会坠入黑暗的阵营。所以，当务之急就是除去我身体里黑魔字的魔力。”

西莫多爷爷也同意这样的做法：“孩子们，那么你们必须明天一早就马上动身，原谅我不能陪你们去了。现在，村庄里的人们被金子和黑魔字书的事情弄得人心惶惶，迪诺村长那天叫我去，就是因为村庄里已经连续发生了好几起争夺金子的争斗，古怪镇的人因此对村庄虎视眈眈，所以，作为以前的老村长，我必须在这个危急的时刻，留在村庄里，我相信你们一定能把事情办好的。更重要的是，罗西，你心里的力量一定会帮助你渡过这个难关的，更何况，孩子，经历一些事，每当你战胜他们，你心里的力量就会越强大……” 西莫多爷爷的眼里充满了信任。

“我知道了，西莫多爷爷。”罗西坚定地点了点头。

“好了，你们都先回去休息吧，明天一早就出发。”西莫多爷爷挥了挥手，急匆匆地走回了他的房间。

第二天一大早，罗西一行人就准备出发了。

因为事情紧急，他们决定飞着去。

罗西穿上了百鸟锦衣，带着桑多斯；小龙女化身为龙，驮着阿布；而花精灵公主娜莎，扇动着一对美丽的翅膀，飞了起来，一行五人就直飞向以前树精灵公主阿曼莎带着他们进入树精王国的大树。

他们来到了森林里最高大的一棵大树面前。

“我们该怎么样才能进去？”桑多斯看着那高而粗壮的树干发愁地问。

“是啊，现在阿曼莎又不在，我们该怎样进入树精王国呢？”罗西也是愁容满面。

“有我在，大家不用担心。”小龙女蓝琦一副胸有成竹的模样。

“有你在又怎么样，你又不是树精。”桑多斯没好气地说。

小龙女蓝琦脸上露出似笑非笑的神情，她走到那棵最高大的大树面前，轻轻地敲了敲树干，就开始用一种悦耳动听的声音对着大树说着什么。顿时，随着小龙女那仿佛仙乐般动听的声音响起来后，大树的树枝开始不停地摇摆着，树叶不断地颤动着，像是在回应着她的召唤。渐渐地，大树粗壮的树干中出现了一个漩涡，那漩涡看起来就仿佛是流动的水纹，不断地旋转着，越变越大……

一切就仿佛上一次他们进入树精王国前的情景。

“天哪！小龙女，你是怎样做到的？”罗西惊讶地问道。

小龙女蓝琦微微一笑：“上次阿曼莎带我们进去的时候，我就记住了她说的话。那并不是件难事。你们快跟我来。”说着，小龙女向着树干上的漩涡走去……

小龙女的身影消失在了树干的漩涡里，其他人也紧跟着走了进去，漩涡封闭了起来，他们立刻在各种管道里飞速地滑行起来……

而这时候，在大树的树干前，出现了十二个身穿黑衣的面具人，他们也想向树的漩涡钻进去。顿时，树干里喷射出无数道绿光，如同一把把利剑，直刺向那十二个黑衣人，黑衣人仓皇地四处逃散，嘴里恶狠狠地诅咒着：“该死的树精，我们一定会报复你们的！”

罗西和小龙女他们一直在各种树木的管道里滑行着，不知道过了多久，他们才停了下来。小龙女蓝琦又轻柔地对着面前的大门说着什么，“轰”，大门骤然间打开了，他们飞快地滑了出去，在他们的面前展现出一片绚烂无比的金色树林。

碧绿剔透的翡翠树干，金光灿灿的黄金树叶，树上悬挂着的无数银光闪闪的银色风铃；还有许多穿着半透明的绿色纱裙的树精小仙女，拿着银杖飞来飞去地敲打着银风铃，发出“叮叮咚咚”悦耳动听的声音；还有树枝粗壮的枝丫间那一幢幢精美无比的小房子……

“真是无以伦比的美丽啊！”花精灵公主娜莎惊叹道。

“天哪！真美啊！这里难道是仙境？”桑多斯没有来过树精王国，所以，一下子就被那奇幻的景致吸引住了。说着，就不顾一切地想往里面冲。

“当！”桑多斯被什么东西重重地推了回来。

小龙女蓝琦微微一笑说：“桑多斯，树精王国外面是一道水晶保护屏，我们是无法进去的，只有等树精灵之王为我们打开大门，才能进去。”说着，小龙女走上前去，对着水晶屏障很有节奏地敲了敲，水晶屏障上出现了一个小小的孔，小龙女凑上前去，用她动听的声音轻柔地诉说着。

很快，最粗的树干上的那道门打开了，树精灵之王悉达尼、树精灵之后卡罗娜、树精灵公主阿曼莎和树精王国的智者奥多爷爷带着一大群人急匆匆地赶来了。

树精灵之王悉达尼举起手里的金色权杖，念着咒语，向水晶屏障上划出了一道门，随着一阵阵璀璨夺目的星光四射，水晶大门缓缓打开了。

“孩子们，欢迎你们再次来到树精王国……”悉达尼和卡罗娜激动地说着，把罗西他们迎进了大门，带领着他们穿过长长的通道，走向了金碧辉煌的大殿。

“孩子们，你们这次来到树精王国，一定有什么紧急的事情，我们能帮上什么忙吗？”悉达尼亲切地问道。

“我们需要奥多爷爷的帮助。”罗西把事情的经过大致地讲了一遍，听得悉达尼、卡罗娜都瞪大了眼睛，十分惊讶。

“你们能帮我们吗？我相信仁慈的树精灵之王和树精灵之后一定会帮助我们的。”小龙女蓝琦说。

“奥多，事情紧急，你看看能不能帮助他们？”悉达尼诚恳地说。

“好吧，孩子们，跟我来，先到我的书房里再说吧。”奥多爷爷拄着拐杖把他们引到了一间小房子里。

奥多坐在了位子上，慈爱地问道：“孩子们，究竟是怎么一回事？”

“奥多爷爷，您给我输入的那些黑色字符，是黑魔头带有邪恶魔力的黑魔字，如今黑魔字在我的身体里膨胀，邪恶的阴影也笼罩了我的心灵，我现在不知道该怎么办……”罗西忧心如焚地说。

奥多爷爷看起来也心事重重：“罗西，当年我就感到那是黑魔头留下来的东西，可能会藏着邪恶的力量，但是，因为拯救书虫儿村庄必须要懂得斯诺文字，所以，我才不得不把这些文字输到你的脑海里。你走了以后，我也查阅了很多书，知道了黑魔字具有非常强大的魔力，它能够不断地膨胀，让黑暗吞没你的内心。但是，侥幸的是，孩子，据我了解，写有黑魔字的书共有两本，我给你输入的黑色字符只是其中的一本，所以，只有一半黑魔字留在了你的身体里，因此，你心里面的正义的力量也还仍然保存着。所以，现在关键的是，你必须想办法除去你身上的那些邪恶魔力……”

小龙女蓝琦挺身而出：“是的，奥多爷爷，我们现在来到树精王国，就是为了寻求一种方法，除去罗西身上黑魔字的邪恶魔力，您能帮助我们吗？”小龙女蓝琦的眼里充满了希望。

奥多爷爷沉重地摇了摇头：“孩子们，我没有办法帮助你们，因为黑魔字强大的力量我无法对抗，但是，我可以让金纸令告诉你们该如何除去它……”说着，奥多爷爷把罗西他们带到了他那本硕大无朋的巨书面前，对着那本巨书低声念叨着树精的咒语；然后颤悠悠地爬上梯子，拿下了一张金色的书页，这张金色的书页上面写着一些弯曲奇怪的树精的文字，奥多说：“这就是金纸令，它可以帮助你们查出秘密……”

奥多把手里那根古老的树杖往地上敲了三下，树杖立刻放射出万道光芒，他把手里的金纸令往空中一抛，金纸令立即扭动着在空中飞舞起来，四处飞溅出一些金色的火花。

奥多爷爷挥舞着树杖向金纸令一指，嘴里喃喃地念着一些树精的语言，一瞬间，金纸令就飞旋起来，光芒四射，树精的文字从金纸令上渐渐隐去，金纸令上一片空白。

奥多爷爷将树杖指向金纸令，大声地问道：“树精神奇的金纸令啊，快告诉我们该如何除去罗西身上黑魔字的邪恶魔力？”

金纸令开始不停地蹿跃着，奥多爷爷的树杖里喷射出无数道光芒，直击在金纸令上，金纸令上就有各种颜色的烟雾升腾起来，在纸页上面翻腾滚动：金色，红色，黄色，蓝色，银灰色……烟雾相互融合，最后汇合在一起，成为两股蹿动着的火苗，不停地跳跃着……

金纸令里传出一个尖厉的声音：“那个男孩罗西，快把你的手伸出来给我！”

罗西把手伸到了金纸令的面前，罗西的手刚碰到金纸令，骤然间，从他的手里闪射出一道道的黑光，那些黑光幻化为一个个黑色的字符，附着在金纸令上……

“啊——”金纸令发出一声尖叫，只见那些字符上闪耀的黑光吞没了所有彩色的烟云……

金纸令扭动着，用一种颤抖的声音问道：“黑魔字的魔力来自哪里？”

顿时，黑色字符的黑光汇聚在一起，幻化成为一条巨大的黑蛇，黑蛇张开了一张巨嘴，吐出了黑色的烟雾。

金纸令立刻尖叫起来：“黑魔字的魔力来自于一条巨大的黑蛇，你们只有到蛇国才能探清楚这件事情！要进入蛇国，必须先要通过两个女妖守候的关口，找到蛇国最古老的售蛇家族的传人西蒙，才可能知道事情的真相！太可怕了！我不想再多讲了……”

小龙女蓝琦问道：“金纸令，请告诉我们蛇国在哪里？”

金纸令上裂开了一个缝隙，吐出了一张地图，上面正好绘着去蛇国的路线。

紧接着，金纸令“嗖”的一声蹿了起来，一下子就钻到那本巨大的书里，金纸令的尖叫声还在书房里回荡着：“恐怖的黑蛇……黑魔字……太可怕了……”

“时间紧迫，我们现在就赶去蛇国，查清楚事情的真相吧。”小龙女蓝琦提议说。

大家都一致同意小龙女的意见。

尽管树精们盛情地邀请他们留下来休息一下，可是，罗西和朋友们还是推辞了，他们离开了树精王国，向着蛇国飞去。

远远地，一座古旧的城堡出现在他们的面前，这是一座用黑色的石头垒砌起来的陈旧的城堡，城堡城门的上方写着“蛇国”两个大字。就在城门的外面站着一个头发蓬乱的老女妖，她穿着一件破烂的翠绿色的衣服，一双深陷下去的小眼睛恶狠狠地瞪着前方，她的手里还拿着一把破破烂烂的竖琴……

罗西一行人落下地来，向着蛇国的城门走去。

“站住！你们要干什么？”老女妖凶恶地吼了起来，她的声音嘶哑而粗野。

“我们要到蛇国找最古老的售蛇家族的传人西蒙。你是谁？”小龙女蓝琦朗声问道。

“我就是看守城门的老女妖莎拉，没有我的同意，你们休想进入蛇国！”老女妖莎拉恶狠狠地吼道。

面对凶恶的老女妖，小龙女蓝琦却笑容可掬：“亲爱的莎拉，你要怎样才能让我们进去呢？”

莎拉挥了挥自己手里的那把破竖琴，说：“如果你们有本事听我奏完一首乐曲，我就让你们进去。”

“哦，原来如此。”罗西、娜莎、桑多斯、阿布都松了一口气，没想到老女妖的条件这样简单。

小龙女蓝琦的脸上却露出了一丝讶异，但是，随即她就露出了似笑非笑的表情：“莎拉，你的条件真的很简单，我十分震惊，难道你能奏出什么惊天动地的乐曲吗？你知道我是谁吗？我是龙人世界里最精通音乐的龙女，你的那把破琴怎么还好意思拿出来炫耀？”说着，小龙女蓝琦拿出了她那把从树精王国得到的最精美的竖琴，放在了莎拉的眼前。竖琴在阳光下金光闪闪，十分美丽，看得莎拉眼花缭乱。

莎拉先是贪婪地看着小龙女的金竖琴，随即，她恼怒地说：“你就算有一把好琴又怎样？你们还是斗不过我，我只要演奏一首乐曲，就足以让你们闻风丧胆，以后再也不敢来蛇国！”

小龙女蓝琦嘴角微翘，似笑非笑地说：“好！那么你有没有勇气跟我斗一斗琴艺？”

老女妖莎拉气得面红耳赤：“好！斗就斗！”

小龙女蓝琦却不急不恼地说：“好！一言为定，那么，在你奏琴的时候，我也可以奏我的琴了！”

老女妖莎拉气得眼睛充血：“好吧！可以！但是我谅你们也逃不过我的手掌！”

说着，老女妖莎拉一拨琴弦，奏起了乐曲。那乐曲声缠绵悠长，先是轻轻地飘荡了出来，接着，琴声就开始传出一阵阵呜咽，琴声低徊婉转，里面仿佛充满了无尽的哀伤和忧愁，又仿佛人世间的一切都是虚空的，只剩下无穷尽的绝望……

罗西、娜莎、桑多斯和阿布听着这乐曲，顿时感到心中充满了无穷无尽的愁苦和悲婉，那琴声就像是能勾人魂魄一样，使他们感到自己的心里那么苦恼，那么空荡荡的，人生的一切悲欢离合都仿佛毫无意义，只有心中那无尽的忧伤才是真切的。不，还不仅只是忧伤，他们感到一种万事皆空的念头越来越强烈，他们想放弃一切，什么都不要想……

罗西丢下了蓝星宝剑，娜莎的眼中一片空洞，桑多斯把水晶球扔在了地上，阿布的银箭筒也被他抛到了一边……

情况看起来有些不对劲了……

琴声带来的绝望的感觉还在他们的心里面蔓延，桑多斯第一个呜呜咽咽地哭泣了起来："太没有意思了……我虽然活了三百多岁，可是，却没有自己的亲人……"

接着，阿布也哭了起来："我不想待在这里了……"

小龙女蓝琦暗暗惊讶，事情果然不出她所料，老女妖演奏的正是使人绝望沮丧的乐曲。蓝琦在龙人王国的时候，曾经听说，世界上有一把琴，能奏出世界上最哀伤的音乐，这音乐能使人万念俱灰，心里充满了绝望，所以，她才故意激将老女妖同意她也奏琴……

事不宜迟，只见小龙女蓝琦拿起了金竖琴，轻轻地弹奏起来，一些金色的乐符随着音乐轻盈地飞跃着，小龙女的琴声充满了美好和温暖，就仿佛三月的阳光照耀在身上，明亮而美丽。而那些金色的乐符带着灿烂的金光，飘荡到了罗西、娜莎、桑多斯和阿布的身旁，围着他们飞旋着，那灿烂的光芒照耀着罗西他们，顿时使他们感到了无边无际的温暖……

老女妖莎拉猛然听到小龙女蓝琦的琴声，不由大吃一惊，她心里暗想：今天遇到对手了！看不出来这个小女孩竟然能用金竖琴奏出这样美妙的音乐，而且这音乐中暗藏着光明的力量，把自己乐曲中那些黑暗忧伤的东西都驱散开了……

罗西重新拾起了蓝星宝剑，娜莎的眼中又燃起了希望，桑多斯停止了哭泣，阿布捡起了银箭筒……

老女妖莎拉不甘心，开始弹奏更加悲伤的乐曲；小龙女也不敢怠慢，她奏起了一首更加欢快的乐曲。罗西他们也看出了事情的蹊跷之处，他们都努力聚精会神地听小龙女的乐曲，而刻意地不去听老女妖莎拉的琴声。

小龙女的琴声越来越欢快，老女妖莎拉感觉到自己的脚已经不听使唤地跃跃欲试了；接着，只见小龙女蓝琦一挥手，那些从金竖琴里出来的金乐符就飞到了莎拉的面前，绕着她飞旋。莎拉觉得脚痒痒的，一直想跟着音乐跳起来，她努力地控制着自己；可是，小龙女的琴声具有很强的感染力，渐渐地，她控制不住自己了，老女妖莎拉停了下来，不再演奏那可怕的乐曲，她扔掉了自己那把可怕的破竖琴，随着小龙女的音乐跳起了欢快的舞蹈……

罗西一行人顺利地战胜了第一个老女妖，他们继续向前走去，在他们的面前出现了第二道门。第二道门是石门，门上雕刻着许多可怕的怪兽，看起来狰狞而恐怖。

门前坐着第二个老女妖，这个老女妖长着火红的头发，用绿色的发带把头发扎了起来，她长着一双非常大的眼睛，此时此刻，她正在瞪大眼睛，对着自己面前的两个仆人大发雷霆："蠢货！你们到底谁偷走了我的金币？如果不回答我，我就把你们都关在黑屋子里，不许吃饭，不许睡觉！直到你们承认为止！"

罗西和同伴们走到了第二道门前，第二个老女妖看到他们了，老女妖沉下了脸，神色严肃地问："你们是什么人？你们为什么要来蛇国？"

"我们想找西蒙……"罗西走上前去，态度友好地说。

"不行！我是守门人洛娜，你们没有我的同意就不许过这道门！"老女妖洛娜尖叫起来。

小龙女蓝琦看到洛娜的两个仆人，一胖一瘦，战战兢兢地站在一边，十分小心翼翼的神情，而洛娜怒气冲天，看起来就快要爆炸了，小龙女立刻就有了主意。

小龙女蓝琦微微一笑，走上前去对洛娜说："尊敬的女妖洛娜，看来我们来得不是时候，你现在正在发怒，我想知道是什么事情使你这样生气？我们能帮上你的忙吗？"

洛娜愤怒地说："我的一百枚金币不见了，我怀疑是这两个仆人偷走的，可是，他们谁都不承认，都说自己是无辜的，无论我怎样查问，他们俩都声称自己从来没有拿过。”

小龙女蓝琦眼角悄悄地瞟向那两个仆人，发现瘦仆人的腿一直在发抖，眼睛也不敢看洛娜，小龙女心里立刻有了主意，她走到洛娜面前说：“尊敬的女妖洛娜，如果我帮你查出是谁偷走了金币，你是否同意我们过你这道门？”

洛娜沉思了一会儿，说：“好吧，如果你能查出来的话……”

小龙女蓝琦对洛娜说：“请把你剩余的金币拿几枚给我。”

洛娜递给了小龙女一把金币，小龙女把金币凑到了鼻子面前闻了闻说：“这些金币上沾染了桂花的香味，如果谁偷走了金币，他的手上一定残留有桂花的香味，你们两个人快把手伸出来，我闻一闻谁的手上有着桂花的香味？”

胖仆人立刻伸出了双手，瘦仆人却紧张地搓着自己的手，迟迟不敢伸出手来……

“哈哈哈哈！”小龙女蓝琦发出一阵清脆的笑声，“事情已经真相大白了，瘦仆人，你为什么要偷走女妖洛娜的金币？”

听到小龙女蓝琦这样说，瘦仆人一下子跪倒在地上，颤抖着回答：“请主人原谅我，的确是我偷走了金币……”

女妖洛娜奇怪地看着小龙女蓝琦：“小姑娘，你怎么知道是瘦仆人偷走了金币？”

小龙女蓝琦微微一笑说：“其实金币上根本没有什么桂花香味，我只不过是以此为借口，吓他们说出真相。有一句话说，做贼心虚，那个偷了金币的人心里面一定很慌张，所以，当我要他们伸出手来，看谁的手上有桂花香味的时候，真正的窃贼就害怕事情败露，不敢伸出手来验证。这时候，我再大声喝问他，他一紧张，就交待出了实情……”

“哈哈哈哈！”女妖洛娜大声地笑了起来，“小姑娘真是聪明过人，我今天审了一上午，都没有查出来谁是真凶，可是你这么几句话，就让事情水落石出了。好吧，我同意你们通过我守着的这道门，而且，西蒙不一定会接见你们，但是，如果拿着这件东西去，他一定不会拒绝的。”说着，洛娜拿出了一块雕刻着精致图案的金牌，交到了小龙女蓝琦的手里。

这时，“轰隆隆”，大门霍然洞开，出现了一个长长的石阶梯，仿佛望不到边。

“你们走过这个石阶梯，前面就是一条街，那里专门出售各种各样的蛇，西蒙就在那条街上。”女妖洛娜说。

罗西一行人走上了石阶梯。他们不知道，此时此刻，邪恶者同盟的黑衣人们也跟着来到了蛇国。

石阶梯的尽头，果然是一条街，这条街上熙熙攘攘地挤满了人，这些人穿着稀奇古怪的衣服，头上包着布，每个人的手里都拿着一条蛇，舞来舞去，各种各样的蛇在他们的手臂上、腿上、腰间、脖子上盘旋着，不时地吐出蛇信子，“嘶嘶嘶”的声响此起彼伏。

在街道的一些角落，还有人吹着笛子，他身边成群成队的蛇就随着音乐声翩翩起舞……

阿布和桑多斯看到这么多的蛇，心惊胆战，桑多斯扯着罗西的衣角，阿布拉着小龙女的手，一步一挨地向前走着。

只有他们的手里没有拿着蛇，所有人都用警惕的眼神瞪着他们。

“快抓住他们！我们有重赏！”突然，一个阴森森的声音在他们的身后响起。罗西他们回转身一看，发现古怪镇的那十二个面具人就站在他们的身后！

面具人们从口袋里抓出大把大把的金币，撒在了街上，所有的卖蛇人和舞蛇人纷纷扑过来，抢夺金币。

“用蛇攻击他们！谁抓住他们，我们赏一千枚金币！”面具人基卡尖叫起来。

听到基卡的尖叫声，所有的卖蛇人和舞蛇人吹起唿哨，顿时，所有的蛇都纷纷从人的身上，或是关着的竹篓里溜了出来，“嘶嘶嘶”地叫着，向罗西和小龙女他们进攻而来！只不过一瞬间，他们已经被数不清的各种各样的蛇围在了中心，不能动弹。

“救命呀！我的老命不保了！”桑多斯吓得尖声叫起来。

“哈哈哈哈！快把黑魔字书交出来，我们就饶了你们！”基卡狂妄地叫喊着。

蛇群还在步步紧逼，情况万分危急！

罗西拔出了蓝星宝剑，小龙女的金鞭已握在了手中，娜莎手拿银杖，阿布的银箭也抽了出来……

“嘶嘶嘶！”蛇群开始进攻了！

一条黑白相间的大蛇猛然间向罗西扑了过来，罗西一闪身，让过大蛇，顺势用蓝星宝剑砍去，“噌”的一声，蛇头重重地落在了地上！

一条红蛇吐着蛇信子，瞪视着小龙女蓝琦，接着，“嗖”的一声，直飞起来，直袭向小龙女。小龙女并不慌张，她不紧不慢地挥舞着金鞭直击向红蛇，金鞭上的利刺陡然伸长，“嗞”的一声，利刺深深地插入了红蛇的身体，一股浓血喷射出来！

神射手阿布不断地射出银箭，“嗖嗖嗖”，银箭呼啸着，一枝枝直击中猛攻过来的蛇群！

……

尽管罗西他们一行人很勇猛，但是，越来越多的蛇汇聚过来，紧紧地围住了他们，让他们根本无法突出重围，情况更加危急！

“小龙女，刚才我看到那些蛇听到笛子声就会跳舞，为什么不试试你的金竖琴？”罗西气喘吁吁地说。

小龙女蓝琦一听，猛然一拍脑袋：“是呀！我怎么没有想到！”说着，小龙女收起了金鞭，拿出金竖琴弹奏了起来。

琴声刚开始婉转缠绵，一些金色的乐符从金竖琴里飘散出来，纷纷落到了蛇群的身边，围着蛇群飞旋；接着，音乐声越来越欢快，蛇群就像中了魔一样，停止了进攻，凝神听着音乐；小龙女更带劲地弹奏着音乐，乐声就如同舞曲一样轻盈欢快，于是，蛇群纷纷开始跳起了舞，而且，随着音乐跳得越来越欢快，并且让出了一条小路……

“快跑！否则就没有机会了！”小龙女蓝琦大声说。

一行人沿着小路一路飞奔，他们的身后，面具人们恼怒地尖叫着，直追过来。

而那些卖蛇人和舞蛇人，也紧跟着追来！

前面是一个岔路口，有三条路，就在罗西他们不知道往哪里走的时候，突然间冒出了一个老人，一把抓住罗西说：“快跟我

走，否则你们就危险了！”

情况已经容不得他们再想什么了，罗西一行人跟着老人拐进了左边的路。左边的路上有一幢高大的老房子，老人带着他们闪进了房子里面，紧接着，他们就听到面具人和卖蛇人们叫嚷着从房子旁掠过，其中，基卡愤怒地尖叫着：“你们这些蠢货，总是把事情办砸，看样子，只好让主人亲自出马了！”

罗西回转身看着老人，这是一位矮小的老头，头发已经花白了，穿着一件打满补丁的衣服，但是一双小眼睛却很有神。

“您是谁？为什么要救我们？”罗西问道。

“我叫西蒙，蛇国最古老的售蛇家族的传人，如果我没有说错的话，你们是来找我的吧。”老人回答道。

“您怎么知道？”小龙女蓝琦警惕地问道。

西蒙指了指小龙女蓝琦挂在腰间的金牌：“这是女妖洛娜拿给你的吧，我一看就知道你们是来找我的了。”

“太好了，西蒙爷爷，我们正有事情要向您请教。”罗西很激动地说。

“你们究竟遇到了什么事？”西蒙满脸疑惑地问。

罗西把黑魔字的事情讲了一遍，西蒙爷爷听得目瞪口呆。

“树精王国的金纸令让我们来找您，说您能帮助我们查清事情的真相。”小龙女蓝琦不紧不慢地说。

“你们能让我看看那本黑魔字书吗？”西蒙爷爷问。

桑多斯有些不情愿地拿出了黑魔字书，在昏暗的光线下，那些黑色字符闪烁着幽暗的光芒，西蒙爷爷仔细地拿着黑魔字书看了起来。渐渐地，只见纸页上的黑字符开始变幻，最后，黑色字符汇聚在一起，在书页上显示出一条眼睛里闪着幽光的黑蛇！

“看来，这件事和那条黑蛇有关系，如果我没有说错的话，黑魔字是千年前黑衣巫师使用的斯诺文字变幻而来的，这些黑魔字里面注入了邪恶的力量，这种力量和一条黑蛇有关。我现在必须为你们查清楚家族里曾经出售过的蛇类，看一看这样的一条黑蛇究竟是卖给了谁？”西蒙爷爷的语气充满了担忧。

“来，你们跟我来，到我那间古老的记账房里去，那里面记载了千年来我们出卖的蛇类。”说着，西蒙爷爷带着他们走进了一间昏暗的房间。这间房间阴冷潮湿，灰尘弥漫，里面堆积着无数本看起来陈旧的书本，屋子里散发出一股霉味……

“不好意思，这间房子里堆放的都是一些古老的账本，因此，味道有些难闻。”西蒙爷爷一边说，一边钻到了账本堆里去翻动那些古老陈旧的账本，顿时，灰尘纷纷飞扬起来，呛得人很难受……

西蒙爷爷到处翻找着，过了很久都没有找到，就在罗西他们快要灰心泄气的时候，他突然尖叫起来：“找到了！找到了！就是这本账本！”

西蒙爷爷满脸灰尘地从翻得乱七八糟的账本里钻了出来，他的手里拿着一本破破烂烂、全是污渍的账本。他小心翼翼地翻开了账本，仔细地查看起来，罗西、小龙女、娜莎、桑多斯和阿布急忙也围了上去……

那是一页残缺不全的账页，上面写着一些奇形怪状的文字，文字旁边还画着一幅图，那幅图是一条黑蛇，它邪恶的眼睛里闪射出幽光，和黑魔字书上幻化出来的黑蛇一模一样！

“啊！”众人发出了一声惊叫。

“这上面写着什么？”小龙女蓝琦问。

“这是一本千年前的账本，在那个时代，常常会有黑衣巫师前来蛇国购买各种各样的蛇，黑衣巫师们挑选出最厉害最毒的蛇，作为他们的蛇杖。那时候的生意十分兴旺，而账本上的这条黑蛇是所有蛇中最具毒性和邪恶力量的，它被一个名叫格罗姆的巫师买了下来，成为了他的蛇杖……”西蒙爷爷说。

“格罗姆？那不是我们在银匣子的幻境里看到的黑衣巫师格罗姆吗？那时候，我们进入的也正是千年前的魔界啊！”罗西惊讶地叫了起来。

“怎么？你们认识这个巫师？”西蒙爷爷也很惊讶。

小龙女就把他们进入银匣子里经历的事情告诉了西蒙。

“看样子，买这个黑蛇的格罗姆，正是你们看到的黑衣巫师格罗姆！”西蒙爷爷肯定地说，“如果真是这样，那么事情就真的很糟糕了，因为，据我们家族留下来的传言说，这个黑衣巫师格罗姆为了实现控制世界的野心，却又找不到永生的方法，他不惜代价把自己变成了一个黑魔头。他伺机想得到那本魔书，却总是受到一个叫格塔斯家族成员的阻拦，直到三百多年前，他终于抢到了魔书，使书虫儿村庄遭到了灾难，可是，他最终还是被格塔斯家族的人关进了一个黑色的魔瓶里……”

“天哪！黑衣巫师格罗姆就是黑魔头狄摩·达伦！”阿布吓得尖叫起来。

“那么，这些事和黑魔字有什么关系？”罗西诧异地问。

“格罗姆变成了黑魔头后，他就需要不断地找到仆人为他效忠；所以，他就利用黑蛇的毒液，变幻出了黑魔字；利用黑魔字，他就可以让那些受他诱惑的人和他做交易，答应做他的仆人……”西蒙翻着另一本账本，告诉罗西他们。

“现在罗西的身上已经有黑魔字植入了，我们该怎样除掉这些邪恶的魔力呢？”小龙女蓝琦急切地问。

“只有一只千年凤凰的眼泪才能除掉这种魔力，使这个男孩不再受黑魔字的控制……”西蒙爷爷说。

“我们该到哪里去找到这只凤凰？”娜莎的语气很焦虑。

“凤凰在水晶宫殿里，由女王娜塔莎看守着它，如果你们想得到凤凰的眼泪，必须到水晶宫殿去。”西蒙爷爷说。

“可是，水晶宫殿在哪里呢？”罗西发愁地问道。

“孩子们，我也不知道在哪里，只有靠你们自己了。”西蒙无奈地摇了摇头。

罗西、小龙女、娜莎、桑多斯和阿布面面相觑，他们又要踏上未知的征程了……

第十五章 火精灵王国

罗西一行人离开了蛇国，茫然地走在路上。

“我们现在该去哪里？”娜莎愁眉苦脸地问。

“我们必须想办法到水晶宫殿或者是火精灵王国。”小龙女蓝琦回答道。

“可是，我们都不知道这两个地方在哪里？”桑多斯皱起了眉头。

“是啊……”罗西也很苦恼。

突然，在他们前方传来了一阵阵惊呼：“好神奇啊！水里竟然要盛开火焰了！”

小龙女蓝琦一听到这些叫声，立刻来了精神：“走！我们过去看看！”

在他们的前方是一个硕大的池塘，塘水清澈明净。池塘的周围挤满了人，大家的眼睛都紧紧盯着一个女孩，女孩的手里正捧着一团火红色的火焰。女孩穿着一身白色天鹅绒的衣服，衣服上绣着非常精致的花纹；女孩一头金色的长发在阳光下闪着熠熠的光，一直垂到腰际，如同一段美丽的织锦；女孩碧绿色的眼睛闪耀着温柔的光芒，她白皙的皮肤里透出淡淡的粉红色，美丽动人。

女孩旁边的一个矮胖子老头在不停地吆喝着：“快来看呀，水里升起美丽的火莲花了啊！快来看罗琳的表演啊！”

只见这位名叫罗琳的女孩左手举着一团燃烧着的火焰，右手拿着一根小小的金杖，她用悦耳动听的声音轻声地念着奇怪的话：“多斯卡洛，可里西多，芬达格斯……”顿时，罗琳手里的红色火焰变幻着，就像一朵花儿一样开始绽放起来，花瓣一片一片地从火焰中打开了；最后，随着轻轻的“啪”的一声，一朵奇妙而美丽的红色火莲花绽开了；罗琳将金杖对着火莲花一挥，火莲花从她的手里升腾而起，缓缓地落在了水面上，顿时，一朵火红色的火莲花就在水中盛开了……

“真美啊！”人群发出了一阵阵惊叹声。

“哎，要看更神奇的火莲花，就快点交钱啊！”矮胖子拿着一个铁盒子走向围观的人们，要求大家拿钱出来。围观的人纷纷向铁盒子里扔着银币，不一会儿，铁盒子里就装满了银币。

罗琳又依次变出了橙色、黄色、绿色、青色、蓝色、紫色的火莲花，这些奇幻的火莲花绽开在池塘里，把塘水映照得色彩缤纷，异彩纷呈。

人群更加惊叹不已。

“罗琳，你可以把火莲花都收起来了。”矮胖子对女孩说。

罗琳轻轻一挥金杖，嘴里低声念着咒语，顿时，那些池塘里的火莲花腾空而起，重新幻化为一道道火焰钻进了她的金杖里。

人群渐渐地散去了。

矮胖子抓起铁盒子，就开始数里面的银币。

“现在，钱够了吗？我可以走了吗？”罗琳问矮胖子。

“不行！你还不能走！因为钱还不够！”矮胖子恶狠狠地摇着头，“你必须还要不停地表演水上开火焰的节目，我已经联系好下一个村庄了，你现在就得跟我走！”

小龙女蓝琦一直在旁边观察着罗琳和矮胖子，当看到罗琳能让火莲花盛开在水面上时，一丝惊喜的笑意掠过了她的脸庞。这时，眼看矮胖子要带走罗琳，小龙女蓝琦挺身而出，走到了矮胖子面前：“喂，你这个老头，为什么要强迫这个女孩表演呢？”

矮胖子老头气势汹汹地说：“你管不着，她欠着我钱，欠债还钱，天经地义，她不表演，怎么能还清欠我的钱？”

小龙女蓝琦微微一笑：“她怎么会欠你的钱的？到底欠了多少？”

矮胖子老头凶巴巴地说："她把我的古董打破了！那可是一件值钱的宝物，她现在还欠我一百枚金币！如果她不还清我这笔钱，就休想离开！"

小龙女蓝琦淡淡一笑说："那么如果她还清了这一百枚金币，她就自由了吗？"

矮胖子老头不耐烦地说："那当然，她又不是金子，我留着她有什么用呢？"

"好吧，这笔钱就由我们代她还了。"小龙女蓝琦转向桑多斯，"桑多斯，把你的金币先借出来一下，我要代罗琳把钱还清了。"

"什么？你说什么？你要我拿出来一百枚金币，那不是要我的命吗？"桑多斯不可置信地尖叫起来，"要还你自己还，我可不会把我的金币拿出来。"

小龙女不急不恼，似笑非笑地说："如果你不拿出金币来，那么，我就把你送给那些黑衣面具人，到时候，别说一百枚金币，恐怕连你的命都保不住了……"

桑多斯吓得脸色煞白，只好不情愿地抱出了他的水晶球，念着咒语，顿时，水晶球里迸射出一道道明亮耀眼的银光，紧接着，一枚枚金币就叮叮咚咚地跳出了水晶球，在地上堆积起来……

矮胖子老头眼睛里闪射出贪婪的光，他一下子扑到金币堆前，一枚一枚地数了起来："3枚，4枚，5枚……56枚，57枚，58枚……98枚，99枚，100枚！好！一百枚金币，现在我们成交了，这个女孩罗琳自由了！"说完，矮胖子老头立刻找来一个口袋，装满了金币，老头害怕他们反悔，急急忙忙背着金币溜走了。

"谢谢你们，亲爱的朋友们，我终于自由了！我该怎样感谢你们呢？"罗琳感激不已地向罗西他们所有人深深地鞠了一个躬。

"不用谢，每个人都会遇到困难的。"罗西说。

"亲爱的朋友们，你们要去向哪里？"罗琳问道。

小龙女蓝琦脸上露出了一个慧黠的笑："我们急切地想去火

精灵王国，却找不到它在哪里，正在发愁呢……”

“什么？你们要去火精灵王国！但是，你们为什么要去那里呢？普通人都不会想去那里的啊……”罗琳惊讶不已地问道。

小龙女蓝琦把黑魔字书的事情说了一遍，最后，担忧不已地说：“如果找不到火精灵王国，就不能毁掉那本黑魔字书，那么，到时候，情况就很危险了！”

罗琳皱着眉头，沉思了一会儿说：“亲爱的朋友们，让我带你们去火精灵王国吧，我就是火精灵王国的公主罗琳，你们使我获得了自由，我希望自己也能为你们做点事情，请跟我来。”

说着，罗琳走向不远处的一幢房子，大家也跟随她走了进去。这幢房子客厅的壁炉里正在燃烧着熊熊的火焰，只见罗琳走到火焰前用她那悦耳动听的声音轻轻地诉说着什么，渐渐地，火焰蹿跃着，抖动着，变幻着，火焰中出现了一道红色的大门。罗琳用金杖一点，门上的锁弹开了，红色的大门打开了……

“快拉着我的手！”罗琳大声地说。罗西一把抓住了罗琳的手，小龙女、娜莎、桑多斯、阿布也都一个个相互拉紧了。

“轰！”从红色的大门里刮出了一阵热浪，呼啸着向他们袭来，他们只感到一股强大的力量把他们吸进了红色的大门里。大门后面是一条长长的通道，通道两边是无数道门，他们在这条通道里飞速地滑行着，滑行着，不断地掠过无数道门，无数团火焰……

“砰！”随着一阵噼里啪啦的响声，他们从通道里被高高地抛起，又轻轻地落在了地面上，眼前顿时一片明亮。

火精灵王国到了，展现在他们眼前的是一个多么绮丽的国度啊。只见他们面前是成片成片茂密的森林，这森林多么奇特啊，竟然是一片片的火焰森林！森林里的树很特别，除了树干是棕褐色的，所有的树叶都是在熊熊燃烧的火焰；每一片叶子就是一团火焰，火焰的颜色也十分丰富，红色的、橙色的、黄色的、绿色的、青色的、蓝色的、紫色的……各种颜色的火焰交相辉映，更显得璀璨辉煌。火焰森林按颜色分成了七片森林，红色的火焰森林里所有的树木都燃烧着红色的火焰，黄色的火焰森林里全闪烁着黄色的火焰，绿色的火焰森林里树叶全是一团团燃烧的绿色火焰……这七片森林形成了一个环形，围住了正中央的一棵火焰树，这棵火焰树与众不同，它的上面盛开着七种颜色的火焰花，炫目耀眼，美丽无比……

罗西他们全都被这奇妙的景致吸引了，大家仿佛都忘记了来这里的目的，全都陶醉在灿烂绚丽的美景中。

“快走！时间很紧急！”过了许久，罗西才恍然醒来，催促大家说。

大家依依不舍地继续往前走，他们的面前呈现出一座石殿。

这是一座巨大的石殿，前面是长长的石阶梯，走上去，就是一个硕大宽阔的平台；地面由一块块巨大方正的方石铺成，方石上雕刻着凹凸有致、精细绝伦的浮雕；中间是一个巨型的圆盘，由红色的巨石铺成，上面也同样雕着精美的图案；平台四周竖立着四根巨大的石柱，石柱的顶端分别是龙、鹰、虎、蛇四个雕塑，栩栩如生。靠近石门前面是两个黑石砌成的火台，里面燃烧着熊熊大火。穹形的石门重重叠叠向前延伸，直到最前面是一道金色的大门，大门边是无数手里拿着火焰利剑的士兵。这座城堡看起来不像城堡，除了看得出石门外，后面就仿佛是无数山石重叠的一座巨山。

罗琳走到了金色大门前，执剑的士兵恭敬地敬了一个礼，说：“罗琳公主，国王吩咐，如果有外人来到，必须经得他的同意，才能进入城门。”

罗琳对士兵说：“今天我带来的都是朋友，他们在我遇到了困难时，帮助了我；现在，他们也需要我们的帮助，所以，我把他们带来了，你立刻去禀报国王。”说着，罗琳取下了脖子上挂着的一串项链，交给了士兵，士兵打开了金色大门，飞奔而去。

过了一会儿，只听到一阵阵鼓乐声传来，一队人马从金色大门里走了出来，为首的是一个年迈的老人，他已经是满头银发；他穿着一件金丝织成的衣服，上面镶嵌着无数光彩夺目的宝石和珍珠；他的头上是一团熊熊燃烧的七色火焰，那火焰变幻成为了王冠的模样，看上去充满了神奇的力量。老人的手里拿着一根雕刻着精美图案的金杖，看起来十分威严。老人的身后跟着无数火精灵，每一个火精灵的头上都有一团熊熊燃烧的火焰……

“父王，我终于回来了！”罗琳高兴地向着老人的怀里扑去。

“孩子，你究竟去了哪里？为什么这么久都没有你的消息？”老人的神色又高兴又担忧。

“父王，我出去以后，不小心把一个巫师的古董摔坏了，他抓住了我，要我还清钱才能获得自由。我一直在外面挣钱，可是，始终无法还清所欠的债。正在我走投无路的时候，就遇到了这几位朋友，他们帮我还清了一百枚金币，那个巫师才同意给我自由。”罗琳泪水涟涟地说。

“孩子，你受苦了！可是，你不该瞒着我悄悄地跑掉啊！你不知道，这让我多么担心！来，快来看看你的救命恩人。”老人说着走到罗西他们的面前，自我介绍说，“我是火精灵王国的国王，名叫罗格，谢谢你们救了我的女儿。”

小龙女蓝琦带头敬了一个礼，说：“不用谢，罗格国王陛下。”

其他人也纷纷行了礼。

“快，客人们，请进吧！”罗格国王一挥手，示意两边的士兵退下，一群美丽的侍女走了出来，迎接他们。

“我们进大殿再说吧！”罗格国王说。

金色的大门后面是一条宽阔的通道；通道的地面上铺着一条长长的金色地毯，地毯上绣着各种颜色的火焰树；通道的两边是无数的火台，火台里烈焰熊熊，燃烧着金色的火焰，使得通道里明亮无比。

通道的尽头，是一个大殿。当罗格国王走到大殿门前时，他举起金杖轻轻敲了敲那两扇高大的金门，“轰隆隆”，金门缓缓地打开了，一个金碧辉煌的大殿显现在了大家的眼前。

大殿里早已聚集了众多的火精灵，不同的火精灵掌握着不同颜色的火焰，每一个火精灵的头顶都燃烧着一团熊熊燃烧的烈焰。这些火焰散发出各种色彩缤纷的光芒，红光，紫光，蓝光，绿光，黄光……这些灿烂的光芒把整个大厅辉映得光彩夺目。每一个火精灵都穿着精致华美的袍服，他们衣服的颜色也和他们头上火焰的颜色相呼应，并且袍服上都绣着各种精美的图案。

“好神奇啊！”罗西、小龙女、娜莎、阿布和桑多斯都情不自禁地惊叹道。

“他们的火焰有什么用处吗？”桑多斯问道。

罗琳公主脸上露出了自豪的神情：“火精灵们可以自由地将头顶的火焰取下来，并且自由地使用它们。不同颜色的火精灵分属于不同的部落，但是七色火焰统领所有的部落。”

罗西他们这才注意到，这时候，罗琳公主的头顶上也已经燃烧起一团小小的七色火焰，和罗格国王头上的火焰很相似，只是这团火焰更小，不是王冠的形状，也没有罗格国王的火焰明亮耀眼。

大殿里放着无数银椅子和桌子，大殿的正中是国王的宝座，一个巨大的金制宝座端正地挺立着，上面镶嵌着无数光芒四射的珠宝，在火精灵们火焰的映照下更显得光彩逼人。

罗格国王大步地走向了宝座，然后，仪态威严地端坐在宝座上。火精灵们这也才纷纷就座。

“父王，现在我的朋友们急需我们的帮助。”罗琳公主急切地说。

“究竟是怎么样一回事？”罗格国王问。

“黑魔头在三百多年前曾经留下了两本黑魔字书，他利用黑魔字书控制别人，用黑魔字的交易让别人成为他的仆人，如今，他想利用黑魔字书控制罗西。”罗琳公主指了指坐在自己身旁的罗西，“他想把罗西变成他的仆人，帮助他抢得魔书，实现他控制世界的野心。所以，我的朋友们需要七色火焰把黑魔字书毁掉……”

听到这里，罗格国王的眼睛骤然瞪大了：“什么？你们是在说那个名叫狄摩·达伦的黑魔头吗？”

“是啊。”罗西看到罗格国王的神色有异，奇怪地回答道。

“啪！”罗格国王的手掌重重地拍在了宝座上，他愤然站起身来，眼睛里怒火在燃烧着：“又是黑魔头狄摩·达伦！他究竟想毁掉多少东西！”

“父王，您怎么了？”罗琳公主惊异地看着罗格国王。

“孩子，你知道吗？三百多年前，那个邪恶的黑魔头就曾经来到过火精灵王国，他利用力量强大的黑火焰袭击了火精灵王国，几乎使整个王国毁于一旦，要不是最后利用了七色火焰，那么，火精灵王国可能已经被彻底毁灭了。可是，不幸的是，你的母亲却为了保住火精灵王国，被黑魔头杀害了……”说到这里，罗格国王的声音哽咽了。

“父王！您说的是真的吗？可是，以前您从没有告诉过我啊！您不是说母后是生病去世的吗？”罗琳公主不可置信地尖叫起来。

“罗琳公主，罗格国王陛下的话千真万确，他对你隐瞒了事情的真相，就是为了不伤你的心。可是，如今你长大了，也是该让你知道事情真相的时候了。”罗格国王身边站出了一位老火精灵，这位老火精灵的脸上长满了深深的皱纹，他穿着一件蓝色的袍服，看起来眉目慈祥。

“这位是我们火精灵王国的宰相尼可，他是一位受人尊敬的老人，足智多谋。”罗格国王对罗西他们介绍道。

罗西和小龙女他们急忙向尼可老宰相敬礼。

“孩子们，你们太客气了，到了火精灵王国，就是我们的客人了，你们就叫我尼可爷爷吧。”老火精灵语气和蔼地说。

“国王陛下，要不，我们带客人们去参观一下火精灵王国吧。”尼可爷爷提议说。

“好吧，我们先到火莲花池去看一看。”罗格国王答应了。

于是，在众多的火精灵的簇拥下，罗格国王带着罗西他们走出了金色的大殿，向着大殿后面的一个园子走去。

花园里，一段段曲折的回廊出现在了他们的眼前；回廊下面，是一个巨大的池塘；水中间是一个飞架起来的平台，平台四方分别连着四个桥拱，这四个桥拱都是半月形的，用巨大的青灰的方石铺就而成；两边是雕着精致图案的护栏，平台正中是一个巨大的铜炉，里面燃烧着熊熊烈焰。

池塘上笼罩着轻灵飘渺的银蓝色的雾气，就在池塘的水面上，开满了各种颜色的火莲花，亭亭玉立，正在娇艳地绽放。各种颜色的火莲花，交相辉映，美丽异常。

“真美啊！”小龙女蓝琦惊叹道，“这时候，如果有美妙的音乐相伴，就更加完美了。”说着，小龙女拿出了金竖琴，开始弹奏起来。

顿时，池塘里飘荡起一阵若有若无的美妙音乐，这音乐的曲调曲折回旋，音乐缭绕在池塘的上空。从金竖琴里飘飞出无数金色的乐符，这些乐符轻灵地飞旋着，池塘水面上，那些火莲花的花瓣开始蹿跃着，燃烧得更加明亮耀眼……

所有的火精灵都被这美妙的音乐吸引住了，一个个凝神倾听……

不知道过了多久，小龙女的音乐才停住了，大家都仿佛从一个美梦中恍然醒来……

“果真是仙乐飘飘啊，小龙女姑娘的琴声无人可比，这是我听过的最动听的音乐了。”罗格国王赞叹不已。

“是啊是啊。”众人附和着说。

“我们再带你们去看一看火精灵王国的盛景精灵火瀑吧。”宰相尼可说。

一行人绕出了池塘上曲折的回廊，向着一个幽深的地方走去。

起先，他们走在一条幽暗的通道中，四周的光线都很暗，通道的尽头是两扇紧闭着的大门，罗格国王对着大门将金杖一挥，骤然间，大门“轰隆隆”地打开了……

“哗！”千万道光彩夺目的金光和红光从不远处迸射出来，照得人眼前一片明亮，晃得人眼花缭乱。罗西和小龙女他们仔细一看，顿时惊异不已，在他们眼前的竟然是一条火焰组成的瀑布！

这条瀑布从很高的地方飞流直下，这些熊熊燃烧着的火焰光芒熠熠，火焰都是金红色的，从灰色的山石上倾泻而下，飞溅起无数金红色的火星，飞瀑下的潭水也是闪耀着灿烂的金光，恍如一面金色的明镜，罗西他们顿时被这璀璨壮丽的景色惊呆了！

“这就是精灵火瀑。”罗格国王介绍说。

“太美了！”罗西惊叹道。

就在众人都陶醉在这美景中的时候，突然，一个火精灵士兵飞奔而来，气喘吁吁地跪倒在罗格国王的脚下：“禀报国王陛

下，有一群黑衣面具人闯入了火精灵王国，叫嚷着让我们交出刚才来的宾客，并且声称如果不听他们的话，就会毁了火精灵王国！”

“什么？这些人是什么人？”罗格国王惊讶地问。

“他们一定是古怪镇邪恶者同盟的成员，他们一直都在追杀我们。”小龙女蓝琦说。

“他们现在在哪里？”宰相尼可问。

“他们正在火焰森林里大肆地进行破坏……”士兵报告说。

“快走！”罗格国王一挥长长的袖袍，转身飞快地直奔火焰森林的方向，众人也急忙跟在了他的身后。

火焰森林到了，只见十二个黑衣面具人正掏出他们的魔杖，向火焰树喷射出黑色的电光，那些黑色的电光围绕着火焰树的每一朵火焰飞旋，并且发出可怕的尖叫声。渐渐地，那些黑色的电光变幻成为一张张巨嘴，一口口地吞噬了火焰，只不过一会儿，火焰森林里就变出了无数棵闪烁着黑色火焰的火焰树！

“啊！”所有火精灵看到这一幕情景都惊讶得倒吸了一口冷气，这需要多么强大的邪恶力量，才会把火精灵的火焰吞没啊。

“你们究竟想干什么？”罗格国王挺身而出。

为首的黑衣面具人基卡眼里闪出阴森森的寒光：“只要你们交出那几个孩子给我们，并且不答应给他们七色火焰，我们就可以饶了你们，否则，我们一定会毁了这里！”

罗西站了出来，大声地说：“我们的到来与火精灵王国无关，你们没有理由来破坏这里，你们要找的是我们的麻烦，就尽管来吧！”

罗格国王却对基卡威严地说：“我们不会答应你们的无理条件的，来到火精灵王国的来宾，就是我们最尊贵的客人，我们绝不会出卖他们！”

黑衣面具人基卡恼羞成怒，举起他手里的魔杖，向着罗格国王射出一道幽暗的黑光，黑光闪烁着，直击向罗格国王的胸口。只见罗格国王不慌不忙地一挥金杖，护在了自己的胸前，黑光击在了金杖上，金杖顶端喷射出七彩的火焰，一下子就把黑光吞没了。

基卡大吃一惊，不由吓得倒退了一步。但是，瞬间，他的眼里燃烧起仇恨的火焰："黑衣面具人们，给我毁了他们的这片火焰森林！"

黑衣面具人纷纷把魔杖高举，从魔杖里喷射出一道道黑光，黑光飞旋着，直袭向站在罗格国王陛下身边的火精灵们和火焰森林。

只见火精灵们纷纷从头顶取下了燃烧着的火焰，放在手中，嘴里轻声地念着咒语，顿时，那些火焰幻化成为了一把把火焰之剑，闪烁着夺目的光芒。

火精灵们向着黑衣面具人冲去，一个个勇敢无畏，他们挥舞着火焰之剑，直逼向黑衣面具人！

黑衣面具人巴克将手里的魔杖对准一位掌握着蓝色火焰的火精灵，他恶狠狠地喷出一道黑色电光，向火精灵的后背袭去。火精灵正在与另一个黑衣面具人搏斗，根本没有注意到巴克的袭击，眼看黑光就要射到火精灵了。这时候，罗西飞身扑了过去，挥舞着蓝星宝剑直砍向那道黑光，"当！"蓝星宝剑将黑光击碎得四分五裂……

"可恶！"巴克恼怒地骂道。

火精灵感激地对罗西笑了笑。

黑衣面具人特迪尔低声地与另外两个黑衣面具人商量着什么，然后，只见他鬼鬼祟祟地绕到了罗格国王的后面，准备偷袭罗格国王。他一挥魔杖，魔杖里喷射出一道黑光，直击向罗格国王，而罗格国王的前面，那两个黑衣面具人正袭来，罗格国王分身乏术。眼看罗格国王的情况危险，小龙女蓝琦一抖金鞭，金鞭骤然伸长，金鞭上的利刺闪烁着耀眼的金光，小龙女蓝琦将金鞭对准特迪尔狠狠地抽来，"啪！"金鞭先是把那道黑光击得粉碎，然后又重重地击在了特迪尔的手上，把特迪尔手里的魔杖击落在地上。

"谢谢你，小龙女姑娘。"罗格国王回过头来说。

就这样，十二个黑衣面具人和火精灵们展开了激烈的搏斗。火焰森林里，只听到黑衣面具人一阵阵狂妄的喊杀声，和一阵阵武器相撞的声音……

一个掌握着紫色火焰的火精灵被黑色电光击倒了……

有一个黑衣面具人被一把红色的火焰之剑击中了……

罗西砍断了黑衣面具人杰西卡的魔杖……

花精灵公主的银杖击碎了基卡进攻的黑光……

越来越多的火焰树被黑光击中，色彩绚烂明亮的火焰树正在变得越来越暗淡……

罗格国王眼看着越来越多的火焰树正在被黑光吞没，十分着急，他举起金杖大声地喊道："所有的火精灵聚集到我的面前，大家一起用火焰之光！"

听到罗格国王的一声令下，所有的火精灵都聚集在了罗格国王的身旁，形成了红色、橙色、黄色、绿色、青色、蓝色、紫色的七色火精灵阵队，他们的手里都拿着各种颜色的火焰之剑，严阵以待，等候着国王的命令。

罗格国王高高举起金杖，用力一挥，高声地喊道："金杖，汇集所有的火焰之光吧！"

顿时，所有火精灵的火焰之剑都迸射出一道道绚丽耀眼的火焰，那些火焰汇聚在一起，成为了一条彩色的河流，漂浮在空中。罗格国王把金杖向七彩的火焰一指，那道七彩的火焰河就化为一把利剑，"男孩，一切都看你的了！"罗格国王把七彩火焰剑递给了罗西。

罗西拿着七彩火焰剑直击向基卡，基卡连忙用魔杖去挡，"当"，魔杖立刻被锋利的火焰剑斩成了两段！

罗西手拿火焰剑，有如神助，自如地游走在黑衣面具人中间，接二连三地把黑衣面具人魔杖里射出来的黑光，全都击得粉碎！

只不过一会儿，黑衣面具人就都狼狈不堪地四处逃窜着，忙着躲避火焰剑的进攻。

"嗖"的一声，罗西拿着火焰剑直扫向基卡的脸，基卡急忙向后一退，才躲避开了罗西的进攻，可是，火焰剑上的火焰还是把他的面具差点就点燃了。

"好，小子，算你狠！"基卡恼怒地一挥他那根断了的魔杖，对所有的黑衣面具人说，"我们走！以后再来找他们算账！”

于是，十二个黑衣面具人仓皇地逃离了火精灵王国。

罗格国王拿过了罗西手里的七彩火焰剑，用金杖一点，七彩火焰剑直飞向火焰森林，一剑剑刺向火焰树上的黑色火焰，黑色火焰发出尖厉的叫声后，被利剑刺得分崩离析，成为一股股烟雾后，烟消云散了。

火焰森林又重新恢复了原来的模样。

“罗格国王陛下，我们给你们添麻烦了。”罗西抱歉地说。

“没有关系，现在我就把七彩火焰拿给你们，我们火精灵绝不会因为那些恶人而放弃帮助真正的朋友。”罗格国王说着，就来到七彩火焰树下，用金杖轻轻敲了一下树干，树上轻飘飘地落下了一片七彩火焰，落到了罗格国王的手中。罗格国王拿出了一个金制的器皿，把七彩火焰装在了里面，递到了罗西的手里说，“七彩火焰要在月圆的午夜十二时才能烧毁那本黑魔字书，马上就是月圆之时了，你们必须抓紧时间啊。”

“罗格国王陛下，七彩火焰我们已经得到了，但是，我们还必须找到水晶宫殿里的一只千年凤凰，不知道您能不能告诉我们该到哪里去寻找？”小龙女蓝琦问道。

“你们说的是娜塔莎女王所在的水晶宫殿吧！我这里有一条通往水晶宫殿的捷径，马上就可以送你们到那里，请跟我来吧。”罗格国王说着，就向着金色的大殿走去。

到了金色的大殿，罗格国王让所有人都退下，只留下了罗西、小龙女、娜莎、桑多斯和阿布。

罗格国王拿出了一张古旧的地图，这张地图是一张古老的羊皮纸，已经开始泛黄，还有一些斑点，罗格国王指着地图上一个闪烁着光芒的地方说：“这里就是水晶宫殿。让我想办法带你们去吧。”

说着，罗格国王把金杖直指向地图上闪光的地方，大声地喊道：“带他们去水晶宫殿吧！”

顿时，地图上迸射出万丈光芒，那光芒载着罗西他们飞翔起来……

第十六章　黑魔头失败的阴谋

银光载着罗西他们向前飞翔着，风在他们的耳旁“呜呜”地呼啸，无数颗闪烁着灿烂光芒的星星在他们的身边飞旋，一阵阵若隐若现的美妙歌声从远处传来。飞了很久，他们的眼前骤然一亮，一座富丽堂皇、恢宏大气的宫殿呈现在了他们的眼前。

这是一座多么奇幻的宫殿啊。它是由一块块硕大无朋的透明水晶修筑而成的，这些水晶闪耀着莹蓝色的光芒，在落日余晖的照耀下，折射出如同梦幻般美丽的色彩，使这座宫殿如同仙境一样。宫殿的四周围着矮矮的城墙，那城墙是用闪着紫光的紫水晶砌成的，城墙上雕刻着一些奇异的图案，使这座宫殿更加显得与众不同，美丽非凡。

这时候，隐隐约约地，从宫殿里传来一阵阵动听的歌声，一个女子仿佛怀着一种深深的忧愁和寂寥，孤独地吟唱着，那歌声动人心弦，千回百转，婉转凄清，听得人心里也不由自主地充满了深深的惆怅……

小龙女蓝琦听到这个女子唱的歌，竟然听呆了，痴痴地站在原地，凝神静听。

“时间不多了，我们还是快些进宫殿吧。”罗西提醒大家说。

此时，太阳已经渐渐落山了，这座宫殿陷入了夜色中，就在这时，宫殿里突然闪烁起无数明亮的灯火，如同千万朵绽放开的花朵，在夜色中熠熠生辉。

罗西他们向宫殿走去，发现宫殿的大门是两块完整的巨大的蓝水晶，大门紧闭着，大门顶上赫然写着“水晶宫殿”四个大字；大门前站着两排女兵，她们身穿轻盈的蓝色纱裙，手里握着一把把利剑，在灯火的映照下，可以看到她们一个个眉清目秀，但是神色都很严肃。

女兵们发现了罗西一行人，厉声喝问道：“你们是谁？到水晶宫殿来做什么？”

小龙女蓝琦走上前去说：“我们是专程来拜访水晶宫殿女王娜塔莎的，还烦请各位姐姐通报一下，就说我们有要事求见。”

领头的一个女兵冷冷一笑说：“我们的女王娜塔莎岂是你们要见就见得到的？”

花精灵公主娜莎微微一笑说：“姑娘如果没有通报女王陛下，又怎么知道她不愿意见我们呢？”

女兵一时语塞，随即冷冷地说：“今天女王陛下已经吩咐过了，所有来客都不接见，你们还是趁早离开吧，不要自讨没趣！”

小龙女蓝琦大怒，不知道什么时候，金鞭早已握在了手中：“你们不让我见，我还偏要见，看你们奈何得了我？”

两排女兵顿时列好队伍，挡在了宫殿门前，为首的女兵恼怒地说：“大胆狂徒，难道你们还要硬闯进去不成？”说着，挥舞着利剑直向小龙女刺来。

小龙女蓝琦轻轻一闪身，躲过了刺来的利剑，却将金鞭一甩，金鞭顿时在女兵的利剑上环绕了几圈；小龙女再趁势往回一收金鞭，女兵的利剑已经脱手而出，“噌”地呼啸着直插落在地面。

为首的女兵大吃一惊，不由倒退了几步，重新接住了另一个女兵递来的利剑，她回头向所有女兵示意说：“我们大家一齐上！”

顿时，守在宫殿门外的所有女兵手持利剑蜂拥而来，把罗西和小龙女他们团团围住了。

罗西也被迫拔出了蓝星宝剑，娜莎握住了银杖，小龙女的金鞭早已在手，阿布的银箭也拔了出来……

眼看情形万分危急，双方就要打斗起来了。

这时，“轰隆隆”，蓝色水晶大门霍然洞开，从里面走出了一大群人。

只见前面是一些身穿白色纱裙的美丽侍女，她们的手里都拿着一盏盏金灯，金灯里放射出明亮耀眼的光芒，把四周照得一片光明，侍女的后面，走出一位仪态万方、美丽绝伦的女子。这位女子穿着一身用金丝织成的裙子，头上戴着一顶华贵无比的王冠，王冠上镶嵌着许多熠熠生辉的宝石，她那在灯光下闪耀着灿烂金光的长发起伏着柔美的波浪。

她，就是娜塔莎女王。

“发生什么事了？”娜塔莎女王轻轻地问道，她的声音十分悦耳动听，可是声音里却透着不可侵犯的威严。

守门的女兵连忙躬身退到了两边，那个为首的女兵走到了娜塔莎女王面前，毕恭毕敬地敬了一个礼说：“女王陛下，这一群陌生人要强行闯入宫殿，说有要事求见您，我跟他们说，您今天不接见来客，他们就想强闯入内！”

娜塔莎女王炯炯有神的眼睛直盯着罗西他们：“陌生人们，是这样的吗？”

女王的眼神充满了力量，罗西充满敬意地鞠了一个躬说：“尊敬的女王陛下，我们并没有恶意，是火精灵王国的罗格国王介绍我们到这里来的，我们寻找您，是需要您的帮助……”

女王的眼神审视着罗西他们，突然，她的眼睛一亮，紧紧地盯着罗西胸前的红石护身符，女王惊讶地问：“孩子，这个护身符是你的吗？”

“是的，这是我母亲留给我的。”罗西回答道。

女王的脸上漾起了一个祥和的微笑：“孩子们，虽然今天是一个特殊的日子，我一般不接见来客，但是，今天我就破例，请你们到水晶宫殿里去吧；也请你们告诉我，到底需要我怎样的帮助，因为这个红石护身符已经告诉我了，你们是我们真正的朋友。”

说完，女王示意她的侍女们带路，一群人向着宫殿里走去。

蓝色水晶大门里是一条长长的通道，通道的地面铺着柔软的织锦地毯，地毯上织着色彩缤纷的精美图案；通道的两边，水晶的墙壁上挂着一盏盏金灯，金灯上是各种颜色的透明的水晶罩子，在烛火的映照下，水晶焕发出各种各样奇幻的色彩，使通道里充满了奇幻的气息。

走完通道，他们又走上了一个银色的水晶阶梯，那长长的阶梯两旁雕着无数只美丽的凤凰，惟妙惟肖，栩栩如生。

水晶阶梯的尽头，就是娜塔莎女王的大殿。

这真是一个金碧辉煌的大殿，正中是女王的宝座，那是一个透明水晶精雕细刻的宝座，上面镶嵌着红色宝石和绿色的翡翠，宝座的扶手两边用金子雕琢出一对凤凰。大殿的顶上挂着无数个水晶制作的枝形大吊灯，焕发出耀眼夺目的光芒，把整个大殿照耀得异常明亮。大殿的中央是一个巨大的水晶制成的火台，里面正燃烧着熊熊的烈焰。火台的四周围站着一些侍女，这些侍女穿着洁白如雪的纱裙，手里举着一个个的水晶烛台，烛台里燃烧着金色的火焰。

“尊敬的客人们，你们请就座吧。”娜塔莎女王指着四周那些晶莹剔透的水晶坐椅对罗西他们说。

罗西、小龙女、娜莎、桑多斯和阿布依次就座了。

“我想知道，你们这样急切地来找我，究竟是有什么事？”娜塔莎女王和气地问道。

小龙女站起身来，对女王行了一个礼说：“我们的一个朋友被黑魔头的邪恶力量所控制，他将坠入黑暗的深渊，有可能沦为黑魔头的仆人。可是，我们听说女王您看守着一只千年凤凰，只有它的眼泪才能帮助我们，它能驱除黑魔头那种邪恶的力量，所以，我们就冒昧地来请求您的帮助了。”

娜塔莎女王骤然瞪大了眼睛：“难道你们说的是黑魔头狄摩·达伦？”

“是的，就是他。”小龙女回答说。

“这个恶魔，他总是不愿意放过无辜的人！”娜塔莎女王愤怒地说。

“怎么，女王陛下也知道黑魔头？”罗西惊讶地问。

“何止知道！我们还曾经深受其害。三百年前，狄摩·达伦曾经侵入过水晶宫殿，企图抢走水晶宫殿里的守护神凤凰。因为那时候凤凰刚刚浴火重生不久，它的力量还没有恢复，所以，当时我的祖先为了保住凤凰，和他进行了决战，狄摩·达伦残酷地杀害了无数水晶宫殿里的人们，也差点毁掉了这座水晶宫殿！后来，要不是凤凰拼死相救，水晶宫殿现在可能已经不存在了……”娜塔莎女王说起这段历史，语气显得十分沉痛，神情也十分凝重。

小龙女蓝琦为了缓和气氛，环顾了一下四周，她看到有许多侍女神色庄严地举着一个个水晶烛台，环绕着中间的火台站立着，看起来仿佛这里要举行什么重大的仪式，就好奇地问：“女王陛下，你们这里要举行什么活动吗？”

娜塔莎女王这才微微一笑，说：“今天是凤凰要浴火重生的日子。是这样的，每过一百年，水晶宫殿里的这只凤凰就要投身于火海，涅槃重生，这对于水晶宫殿来说，是一件非常重大的事情，也是一个非常神圣的时刻……”

正说着，忽然传来一阵悦耳动听的清啸，紧接着，只见一只全身闪耀着金红色光芒的大鸟拍打着翅膀飞翔而来。大鸟全身的羽毛都是亮闪闪的，它身后的尾羽十分美丽，它的头顶上长着翎毛，当桑多斯看到大鸟头顶上的翎毛时，他一下子尖叫起来：“罗西，快看，你的红石护身符上的三根羽毛和这只大鸟的翎毛一样！”

大鸟拍打着翅膀来到了火台前，火台旁边吊着一根金杠，大鸟落在了金杠上。

“这就是水晶宫殿的凤凰特纳，你们没有看错，红石护身符上面的羽毛正是来自于特纳，也正是因为这样，我才请你们来到了水晶宫殿。”娜塔莎女王微笑着说。

这时候，一个侍女来到了娜塔莎女王的面前，伏身请示道：“女王陛下，凤凰浴火重生的仪式要开始了吗？”

娜塔莎女王高举起手里的水晶杖，直指向大殿中央的火台，“砰”的一声，火台里的火焰高高地蹿起，熊熊烈焰闪耀着明亮的光芒，更把大殿照得一片光明。

这时候，透过水晶宫殿，可以看到月亮升起来了。

“月亮就要圆了，午夜十二时就要到了，凤凰马上就要浴火重生了！”娜塔莎女王高声说道。

“我们也可以把七彩火焰拿出来，毁掉黑魔字书了。”花精灵公主娜莎如释重负地说。

只见凤凰特纳拍打着翅膀一下子扑向了火台中的烈焰，顿时，大火熊熊燃烧着，很快就吞没了凤凰的身影！

所有人都惊呆了！

“哈哈哈哈！”这时候，从他们的身后传来了一阵可怕阴森的狂笑声，一阵阴冷的风席卷着残败的枝叶刮了进来，随着风还飘进来了一个黑影子怪物，紧跟在怪物身后的是十二个穿着黑衣的面具人。

正是黑魔头狄摩·达伦和他的仆从们！

娜塔莎女王大吃一惊，要知道，此时此刻，凤凰正在火中燃烧，它的力量无法使用出来，这是一个十分危险的时刻！

“侍女们，快挡住他们！千万不能让他们靠近凤凰！”娜塔莎女王高声喊道。

侍女们纷纷拔出利剑，围成一个环状，保护着火焰中的凤凰。

黑影子怪物阴郁的眼睛打量着周围的一切，过了一会儿，他用粗哑的声音叫喊起来：“我是最邪恶的黑魔头狄摩·达伦，你们见到我为什么不敬礼？”

小龙女蓝琦挺身而出：“我们绝不会向你屈服！狄摩·达伦！”

狄摩·达伦并不理睬小龙女，他转向娜塔莎女王：“让我们来做一个交易吧，你把这个男孩罗西交给我，并且不要给他凤凰的眼泪，我就可以保住你们的水晶宫殿……”

娜塔莎女王怒目圆睁：“邪恶的魔头，我绝不会拿我的朋友和你做交易！水晶宫殿里没有懦夫，如果你要进攻，那么我们就奉陪到底！”

狄摩·达伦眼里射出一道可怕的寒光：“黑衣面具人们，给我进攻！毁了这座水晶宫殿！杀掉那只凤凰！”

顿时，十二个黑衣面具人拔出魔杖向侍女们冲来！

“当！”面具人巴克从魔杖里射出一道黑光，直击向娜塔莎女王。娜塔莎女王脸上毫无惧色，她退后两步，将手里的水晶杖直指向那道黑光，“砰！”黑光被击得粉碎！

黑衣面具人的魔杖里不断地射出一道道黑色电光，直击向守护住凤凰的侍女们，侍女们紧紧护卫着凤凰，寸步不让，“当当当！”利剑挡住了一道道黑色电光，暂时抵挡住了黑衣面具人的进攻。

小龙女蓝琦大怒，金鞭早已“嗖”地拔了出来，她飞身跃起，一个腾空旋转，眨眼间就落到了黑衣面具人的中间。她挥舞着金鞭左横右扫，“啪啪啪”，转眼间，好几个黑衣面具人就被她的金鞭重重地抽倒了，疼得黑衣面具人不断呻吟着。

娜莎、桑多斯、阿布都纷纷加入侍女中，保护着浴火凤凰。

罗西也正要上前助阵，可是，狄摩·达伦早已挡在了他的面前，这个黑影子怪物的眼里闪射着凶狠的光芒，他死死地盯着罗西，用他那可怕的嗓音嘶哑地吼叫着：“男孩……你必须顺从我，在你身上流着的血，已经有一半打上了我的烙印……你最终将是我的仆人……你必须屈从于我强大的魔力……”说着，狄摩·达伦就伸出又长又黑的手指向罗西射出了一道黑色电光。

罗西急忙拔出蓝星宝剑，用力一挡，“当”的一声，罗西只觉得手臂一阵酸麻，但是，他还是抵挡住了那道黑光。

黑衣面具人基卡看到狄摩·达伦不能降服罗西，就抽身来进攻罗西，他的破魔杖里射出一道黑色的电光，直击向罗西的后背，小龙女蓝琦远远看到了，连忙大声叫道：“罗西，当心！”

罗西急忙回转身抵挡基卡的进攻，这时候，狄摩·达伦趁着罗西没有注意，悄悄地向罗西射出了一道幽暗的黑光，黑光击中了罗西！

只不过一瞬间，罗西感觉到他心里隐匿着的黑色阴影在不断地膨胀扩大，脑海里那些黑色的字符变幻着，蹿动着，他感到他的心里正在升腾起一股怨恨，他的眉头紧紧地皱了起来……

狄摩·达伦在一旁得意地看着罗西的脸在一点点地扭曲……

“罗西，为什么不把那本黑魔字书交给我？交给我，如果你同意，我就可以把黑魔字字符刻在你的身上，只要你同意这个交易，那么，荣华富贵你都可以享用不尽。还有，你不是已经知道你的身世了吗？难道你不想报仇吗？要知道，只要拥有了黑魔字强大的力量，你要报仇就轻而易举了。快投入我的阵营吧，黑暗力量无所不在，而我，最邪恶的黑魔头，将成为你的主人……”狄摩·达伦脸上露出了阴险的笑容。

罗西只感到自己的脑海里那些黑色字符在不断地膨胀，都快要把他的头撑破了，而更难受的是，父母被人害死的仇恨，就如同一团疯狂的烈火在他的心头熊熊燃烧……

“我知道，你现在什么都不需要，你只需要报仇，我可以帮助你，但是前提就是你成为我的仆人……”狄摩·达伦的声音诡异而阴冷。

突然间，狄摩·达伦的手陡然伸长，他一把抓住了黑衣面具人基卡，一把扯下了他的面具，露出了他的脸。罗西立刻惊呆了，因为基卡正是杀害罗西父母的仇人，古怪镇的基特！

基特显然没有料到狄摩·达伦会来这一招，他也惊呆了，他结结巴巴地说：“主、主人，您不是答应永远为我保守住身份的秘密吗？”

“基卡，你这个蠢货，我要你办的事情没有一件办好，我留着你还有什么用？现在，我要收服一个新的仆人，那就是男孩罗西，至于我答应为你保守秘密，那只不过是说说而已……”狄摩·达伦冷酷无情地说。

“原来你就是我的仇人……”罗西一步步向基特逼近。

这时候，狄摩·达伦飘到了基特的面前，挡住了罗西：“男孩，如果你不答应做我的仆人，我就不会让你有报仇的机会，快，快把黑魔字书交给我……”

罗西报仇心切，他顾不了这么多了，他感觉到仇恨已经快要把他的胸膛胀裂了，他从怀里取出了黑魔字书，向狄摩·达伦递去……

小龙女蓝琦一边和黑衣面具人们搏斗，一边向罗西这边张望，当她看到罗西要把黑魔字书交给黑魔头时，不由大吃一惊，她的金鞭陡然伸长，直袭向罗西的手中，金鞭一卷，把黑魔字书抢到了手中。

这时候，罗西的红石护身符散发出万道光芒，那光芒如同千万把利剑，直刺向狄摩·达伦……

狄摩·达伦捂住眼睛发出一阵哀号……

红石护身符的光芒围绕着罗西旋转，罗西感到心中黑暗的阴影正在逐渐缩小，那些脑海里的黑色字符也不再蹿跃了，罗西这才恍然醒悟……

“当当当当！”这时候，大钟敲响了十二下，午夜十二点到了。

一轮圆月高悬在宫殿外。

小龙女蓝琦飞身跃到了罗西面前：“快！现在时间到了，快把黑魔字书烧毁掉！”

“不！”狄摩·达伦发出一声尖叫，“男孩，如果毁掉了黑魔字书，你就无法拥有强大的力量，你怎么为你的父母报仇？”

罗西拿出了七彩火焰，语气坚定地说：“即使我要报仇，也绝不会把自己出卖给黑暗力量！”说着，罗西接过小龙女蓝琦递来的黑魔字书，用七彩火焰点燃了……

“啊——呜——”黑魔字书发出一阵阵尖厉的叫声，只见在七彩火焰绚丽的光芒中，黑魔字书上的黑色字符渐渐被点燃了，黑色字符挣扎着，想逃窜出来，却被一点点烧成了灰烬……

“啊！”狄摩·达伦发出一阵可怕的尖叫，他转过身去，对着黑衣面具人们怒吼着：“还有一点希望……不能让那凤凰重生……快杀死那只凤凰……”说着，狄摩·达伦就蹿到了火台旁，企图把凤凰特纳杀死。

然而，就在这时候，随着一阵美妙的啼叫声，一只金红色的大鸟从火台里飞腾而出，它那身亮闪闪的羽毛闪耀着灿烂的金光和红光，这正是浴火重生的凤凰特纳。

凤凰特纳飞到了罗西的头顶，围绕着罗西不停地旋转，它的眼里流淌出金色的泪珠，落在了罗西的身上……

奇迹发生了！

只见那些金色的泪珠一落在了罗西的身上，立刻散发出金色的光芒，那光芒围绕着罗西飞旋，顿时，一些黑色的浊流顺着罗西的手掌流了出来，罗西感到心里潜伏着的那些黑暗的阴影全都没有了，而那些脑海里的黑色字符也渐渐消失了……

“我失败了……我的阴谋破产了……可恶，你们都是一些蠢货……” 狄摩·达伦对着黑衣面具人大声怒吼起来，“不行，给我毁掉这座水晶宫殿！”

这时候，凤凰特纳仰天发出一声长鸣，它猛然扑向了黑衣面具人，用它的翅膀拍打着他们；凤凰的翅膀掀起一阵阵劲风，把黑衣面具人一个个吹得摇摇欲倒；它又用利嘴去啄他们的面具。黑衣面具人们用魔杖射出来的一道道黑光，被凤凰轻轻一挥翅膀，反弹到了他们身上，击得黑衣面具人哀号不已，一个个狼狈不堪地逃跑出去了……

这时候，黑魔头对着基特大吼大叫起来：“蠢货，一切都是因为你办事不力，才让我的计划落空！我要狠狠地惩罚你！”

基特吓得跪倒在地上，苦苦哀求：“主人，求求您放过我！我一直都忠诚地服从您，我发誓，我会赎罪，我会听从您的一切命令，只求您饶恕我！”

黑魔头冷酷地瞪视着基特：“我不会再给你机会了！”说着，射出一道黑色的电光，顿时，基特化为一阵袅袅的青烟，消失了……

“好吧……我不会饶过你们的……事情还没有结束……”黑魔头狄摩·达伦化为一股黑旋风也仓皇地冲出了水晶宫殿，他一边逃跑，一边不甘心地怒吼着，“我还会再回来的！我要让你们所有人都付出代价！”

水晶宫殿里一片宁静。凤凰特纳拍打着翅膀飞到空中，伸长脖子发出一阵阵清脆悦耳的鸣叫。

娜塔莎女王走到了罗西和小龙女他们面前说：“亲爱的朋友们，感谢你们在关键的时刻帮助我们保护了特纳。我们可以为你们做些什么呢？”

罗西微笑着说：“谢谢您，娜塔莎女王，您真诚的友谊已经给了我们最大的帮助，我们的使命完成了，现在也该回家了。”

娜塔莎女王让侍女们演奏着美妙动人的送别曲，把罗西他们送出了水晶宫殿。

罗西看着天空明净的月亮，感到心里宁静而温暖，因为他终于再一次战胜了黑暗，也战胜了自己心里的仇恨和邪念。他披上百鸟锦衣，带领着朋友们腾空飞起，飞向了书虫儿村庄。

“孩子们，你们干得可真漂亮啊！”当他们刚刚来到书屋门口，一个老人的声音响起来了，是西莫多爷爷和书精灵皮卡。

“西莫多爷爷！”大家欢呼着扑向西莫多爷爷。

“书精灵皮卡怎么会在这里？”小龙女蓝琦惊讶地问。

“我其实一直都想和你们一起来做这件事，只是魔书城堡被毁了，我必须看护好书精灵皮卡和魔书，所以，我只好待在了村庄里。其实，皮卡一直都待在书屋里。”西莫多爷爷说。

书精灵皮卡走到了罗西面前说：“孩子，黑魔头一定不会罢休的，事情真的还没有结束……”

罗西想起了狄摩·达伦临走时的狂叫声，陷入了深思中……

图书在版编目（CIP）数据

黑魔字/汤萍著.－北京:作家出版社,2008.11
（魔界系列）
ISBN 978－7－5063－4431－9

Ⅰ.黑… Ⅱ.汤… Ⅲ.儿童文学－长篇小说－中国－当代 Ⅳ.I287.45

中国版本图书馆 CIP 数据核字（2008）第155280号

黑 魔 字

作　　者： 汤　萍
责任编辑： 王淑丽
封面绘画： 魏　宾
人物造型： 刘　军　魏　宾
插　　图： 刘　军
装帧设计： 曹全弘
出版发行： 作家出版社
社址： 北京农展馆南里10号　　**邮码：** 100125
电话传真： 86－10－65930756（出版发行部）
86－10－65004079（总编室）
86－10－65015116（邮购部）
E－mail： zuojia@zuojia.net.cn
http：//www.zuojia.net.cn
印刷： 紫恒印装有限公司
成品尺寸： 152×230
字数： 150千
印张： 12　　插页：7
印数： 001－10000
版次： 2008年11月第1版
印次： 2008年11月第1次印刷
ISBN 978－7－5063－4431－9
定价： 19.00元